文春文庫

ついでにジェントルメン

柚木麻子

文藝春秋

目次

ついでにジェントルメン

Come Come Kan!!

文藝春秋の一階サロンで無料で提供される、アイスコーヒーに添えられたガムシロップは、深い奥行きのある味がする。ただの砂糖風味ではなく、炒《い》った豆のような香ばしさが立ちのぼる。小さな銀のピッチャーを傾けると、琥珀《こはく》色に輝くそれがとろりと片方に溜まり、壁一面のガラス窓から差し込む七月の陽光に貫かれた。そうすると、絨毯《じゅうたん》やインテリア、壁の素材が統一され、緩やかな褐色のグラデーションを描いているこのサロンのミニチュア版が、私の手のひらのなかに収まったみたいだ。

日差しは絨毯に落ち、楕円《だえん》に伸びていく。筒状の光の中を銀色の細かいほこりがゆっくり舞っている。

他の出版社とはまったく付き合いがないからよくわからないけれど、応接用の空間がここまで広く、にこやかな制服姿の女性が無料で飲み物を運んできてくれるのは、業界でも文藝春秋だけらしい。出版不況ってこの空間の外で起きていることみたいだ。

半蔵門駅から徒歩五分。正面玄関から向かって左手にある、受付の二人の女性に名前と約束の時間を告げれば、大理石のエントランスを横切ったところにある、このサロンの入り口を示される。ガラス扉を押し、二つ目の受付を過ぎる。左手に見えるのは、かつて文豪の溜まり場だったとされる、曲線を描きながら奥へと伸びていく小さなバーカウンターだ。吉行淳之介《よしゆきじゅんのすけ》が常連だったとされているけれど、今はもう営業しておらず、ここに誰かが居るのを私はまだ見たことがない。バーを通り過ぎれば、スニーカーが沈んでいくふかふかの絨毯の敷き詰められた、圧倒されるような空間が現れる。老舗《しにせ》ホテルのラウンジのように、革張りのソファと低いマホガニーのテーブルが、壁際に沿うかたちで、たっぷりと間隔を置いていくつも設えられている。こうして窓際に座っていても、あまりにも広々としていて、一番遠くの席に座る人の顔がわからないくらいだ。

確認できる範囲だけだが、文芸誌の表紙を張れるレベルの有名作家が何人も、編集者と雑談している。その話し声は高い天井にゆっくり昇っていってぶつかれば、泡のように弾けて消えてしまうから、どんなに盛況でもこのサロンは不思議と賑やかという印象がない。最新型のダイソンの扇風機が音もなく稼働している。

壁際中央に据えられているのは、この社の創始者である菊池寛《きくちかん》の上半身をかたどった、チョコレート色ににぶく輝く銅像だ。胸から下はしっかりとした木製の土台で支えられていて、四角い顔にヒゲをたくわえ、パイプを燻らしている。背広姿で今なおかなりお洒落《しゃれ》だと思われる丸眼鏡。パーマっ気のある後頭部を残してサイドをばっさり切り落とした髪型はソフトモヒカンと呼べなくもない。おじさんだけどちょっと得難いような愛嬌があって、私は嫌いじゃない。と、偉そうにいうものの、彼が直木賞と芥川賞を設立したことをかろうじて覚えているだけで、どんなものを書いたのかも、まったく知らないのだが。

今日の私はちょうど、菊池寛を見上げられる位置のソファに腰を沈めていた。分厚いまぶたで覆われたその目つきは、ぼんやりしているようにも、悪巧みをしているようにも取れ、サロンをゆったりと見渡している。

向かいのソファに座る、担当編集者の佐橋守《さはしまもる》さんの眼鏡の銀縁に反射した光が、こちらの手元に届いて、ガムシロップの底の方まで明瞭になった。

「お兄さんの妻さんのキャラクターだけどね、少しも生き血が通っていないように思えますよ。三十代半ばで社会人経験も長いのに、そこで培ってきたであろう、覚悟や矜持がどこにも滲《にじ》み出ていないんですよね」

前回はわかりにくい、と言われたから、彼に勧められた百万部売れた人気シリーズ小説を参考に、極力キャラ立ちした登場人物に仕上げたつもりだ。「男はつらいよ」みたいに毎回愉快な騒動が巻き起こるコメディとしての連作を書いてみた。佐橋さんは感情の動かない顔つきで、ほとんど赤字の入っていないゼムクリップで止めた原稿に目を落としている。直しが多いと落ち込むが、まるでないと、それはそれで焦ってしまう。少し前の私がノリノリで書いたセリフのひとつが目に入り、お腹が冷たくなった。

「あの、でも、前回ご指摘いただいたところは全部直したつもりなんですけど」

内心あまりいいと思えない自分の作品を「これ、おもしろいんですよ！」と、プレゼンするほど恥ずかしいことはない。試食販売の日雇いアルバイト時代を思い出す。

佐橋さんに緑茶を運んできた女性がちらりと私の出で立ちに目をやった。ニットキャップに部屋着落ちしつつある大きめのよれよれTシャツ姿。佐橋さんの、手が切れそうなほどプレスされたシャツの襟や袖口とは、対照的だ。

「リアリティについて、もっと考えてみてほしいんですよ。例えば」

佐橋さんは、ちまたで大変評価されているらしい、二、三の若手エンタメ作家の作品名をあげた。私は条件反射でメモをとる。

私、原嶋覚子《はらじまさめこ》二十五歳が短編小説「そうめんデッドコースター」(以下そうめん)で文藝春秋から発行されているオール讀物主催の新人賞を獲ったのは、今から三年前、大学四年生の終わりだった。

そうめんはこんな話だ。実家暮らしのフリーターのヒロインは完全に私がモデルだが、ある日突然、離婚して仕事を辞め実家に戻ってきた兄・繁信《しげのぶ》のキャラクターは、父の若い頃(母に繰り返し聞いている)を、ちょっとだけデフォルメしている。多種多様な果物の木々にあふれた広い庭や畑に囲まれた環境も、完全に我が家のそれにならっている。大恋愛の末に結婚した妻に出ていかれ、失意のどんぞこにある兄は、自宅周辺をぶらぶらしたり、ぼんやりと空ばかり見て過ごしている。そのうちに兄は妻が自分の元を去ったのは「季節の行事をないがしろ」にしたからではないか、という極端な考えに至る。ある日、近所の大地主が所有する竹やぶに迷い込んだ兄は、竹を割って流しそうめんをしようと思いつく。地主と交渉したり、ホームセンターで材料を集めたり、疎遠になっていた仲間に連絡したりするうちに、兄は徐々に元気を取り戻す。復縁の見込みはまったくないとはいえ、元妻にも友達として会うようになる。竹を割り組んでいくうちに、流しそうめん台はやがては複雑怪奇なまがりくねったジェットコースターと化し、庭を埋め尽くすほどになる。両親は恥ずかしいからやめてくれ、と頼むが兄は聞き入れない。クライマックスは竹筒のなかをそうめんが、駆け抜けていくところで終わる。元妻との復縁の可能性がにおわないのは、恋愛描写に私の興味があまりなかったためだろう。

『あまりにも流れが早いので、それは光でできたタッセルに見えた。光の示す道筋とその先を、兄はただただ、嬉しそうな目で追いかけていた――』

選考委員には「瑞々しい感性が光る」「まったく新しい家族小説」と、本当に面白かったのかどうか不安になる類いの評価をいただいた。

掲載されたオール讀物発売日の朝、彼氏は誰よりも早く、シャッターが上がりかけの書店で買い求め、読んでくれた。ホームセンター勤務の彼は私のバイト先の弁当屋で、カニクリームコロッケ弁当を買ってから出社する。弁当が出来上がるまでの間、こんなふざけた作品がどうして由緒あるオール讀物に載んのかなー、と雑誌をめくり、首を傾げていたっけ。凍ったままのコーンクリームコロッケを揚《あ》げながら、読書家の彼氏が話してくれた文学うんちくを聞くその瞬間まで、私はオール讀物がどういう月刊誌で、業界でどういう立ち位置にあるのかまったく知らなかった。文芸誌なるものを買ったことがそもそも一回もない。芥川賞と直木賞の違いも正直よくわからないし、むろん、純文学とエンタメの違いも、佐橋さんからも前任の担当の鈴村《すずむら》さんからも何回も説明されているはずなのに、未だによくわかっていない。もっとも、昨今では、作家の住み分けとは「どの文芸誌からデビューしたか」で決まるらしいというから、はっきりした定義もないのかもしれないが。

早番を上がって帰宅すると、受賞作品が掲載されたオール讀物が届いていた。橋の上でお侍さんが衿を抜いた着物姿の女性と無表情にもめている、時代小説の挿絵のような媚びがないシブい表紙。絵巻物のように広がる扉に並ぶ超大御所ばかりの執筆陣、辞書のような分厚さにびっくりしたものである。

「これじゃあ、読者は共感しませんよ。引き込まれません。なにより、すべてにおいて既視感があるのがよくないですね。はらしまさん」

青白い肌に尖った顎、前髪が不思議なうねり方をしている。落ち着いた物腰だから、三十代半ばくらいに見えるけど、テーブルに置かれた手の感じなんかから判断するに、私とそんなに年齢が違わない気もする。同じクラスだったら、読書好きという共通項はあれど、たぶん言葉を交わさずに卒業式を迎えるタイプの相手だった。

佐橋さんはいつまで経っても、私の名前を覚えようとしない。メールの文面も原嶋だったり、原島だったりする。アポを忘れられたこともある。これはもしかすると、しごきの一種なのかもしれないと思っていたが、最近ようやくわかった。

彼はマジで私に興味がないのだ。佐橋さんが決めたランクの中で私は下位なのだ。最近の出版界では、一人の編集者が三十人の作家を担当していることはざらときく。私がその中でビリなのは仕方がないことに思える。

このサロンに私が初めて足を踏み入れたのは、三年前のオール讀物新人賞受賞発表の直前である。前任の担当女性編集者である鈴村操子《そうこ》さんに電話で突然呼び出された。まさか応募した人全員がここに来ているとは考えにくい。私は間近に迫った発表の該当作が果たして自分の作品なのか、そうでないかが気にかかり、この面会は一体どういう意味なんだろう、と背中を汗まみれにしていた。万が一、受賞した時のために、と別室に誘われ、社の専属カメラマンによって顔写真を撮影された。落ちた場合、私の間抜け面はここでどんな扱いを受けるのだろうと細かいところまで想像したら、胃がひっくりかえりそうになった。向こうは慣れたもので、こちらが浴びせる質問はかわされ続けた。鈴村さんは、何を着ていいかわからなかったためリクルートスーツ姿の私をしげしげ見つめていたが、こちらがくすり指にはめていたリングを見て、勘違いしたようだ。単にいつもはめている指をバイト中に包丁で切ってしまったから、変えただけなんだけれど。

——失礼ですが、ご結婚されていますか？　立ち入ったことをおうかがいするようですが、ご主人のご職業は？

と尋ねてきた。それ小説と関係あるんですか？　くらい言っても良かったのだが、彼女を満足させる返答ができなければ、受賞できないんじゃ、くらいに思い詰めていた私は、しどろもどろになって、ホームセンター勤務の彼氏はいるけど独身で実家住まいです、とバカ正直に打ち明けると、鈴村さんは薄く笑った。そこにほんのりと侮蔑の色があったのは、鈍感な私にもよくわかった。

——それは、よかったです。ご家族と一緒に暮らしていて収入の心配がないのなら。新人賞を獲っただけでは、なかなか食べていけないんですよ。我々としても生活が保障されているのなら、安心です。

現在、私は東京郊外にある畑ばかりの小さな住宅地に父、母、姉、祖母と暮らしている。大学生時代からバイトを続けている、自転車で十五分ほどのところにある個人のお弁当屋さんに週五回シフトに入っている。最近、足腰がめっきり弱くなった祖母の介護を手伝ったりもしているが、基本的にニートだ。

「例えば、胸が張り裂けるほど辛かったこと、悲しかったこと、惨めだったこと、そういう経験がいい作品を生むんですよ」

佐橋さんの口ぶりには「お前にはそんな経験ないだろうが」とでも言いたげな色がにじんでいた。

悲しいかな、彼の言う通りである。私の原稿が面白くないのは、きっと世間知らずで打たれ弱い甘ちゃんだからだ。それだけじゃなく、私は恥ずかしいくらいに恵まれている。ことあるごとに家族や彼氏や友達に支えてもらってきた。欠落感を埋めるために文学を求めたのではなく、子どもの頃から水を飲むようにごくあたりまえに、お話を書いたり読んだりしてきた。大学に入ると、小説家や編集者を目指すゼミ仲間ができて、自然と作品を書いて投稿するようになった。

しかし、自分がどんな気持ちで、受賞作を書き上げたのか、私はもはやほとんど思い出せなくなっている。五歳年上の姉がコンビニで買ってきてくれた公募雑誌で、一番枚数が少なくてもいいやつを選んだら、たまたまそれが「オール讀物新人賞」だったのだ。受賞の報告を受けた時は、就職活動に苦戦していた分、これで内定を取らなくていい理由が出来たと、安心して何もかも投げ出した。卒業までは旅行してばかりだった。

「はらしまさんの現在の、目標はなんですか」

面接のような問いに私は虚を突かれたが、ろくに考えずにするっと答えた。

「やっぱり、これが掲載されて、お金が入ったらいいなと思っています。お金を貯めて、いつか一人暮らしするのが目標なんです。最初の本が出る頃にはそうなれたらいいなと思ってます」

佐橋さんは急に笑いを堪《こら》えるような怒りを押し殺すような、不思議な表情を浮かべ、小さくかぶりを振った。目尻がおかしな格好に下がり、皺《しわ》がたくさん集まっている。

「作家さんにお金の話をして欲しくないですねえ。僕の個人的な希望なんですけど」

なんだか、すみません、と私が死にそうになって肩をすぼめると、いえ、謝らないでください、僕の頭が硬いだけなんだと思う、と佐橋さんはいつになく優しくとりなしてくれ、私はより一層いたたまれなくなった。自分の俗物さがつくづく嫌になる。何不自由ない生活を送っているくせにアイツ、金の話してるんですけど！　と編集部で嘲笑されるのかも。編集者の反感を買うことが、私は怖くて怖くて仕方がないのだ。

書き直しもかれこれ十一回目。

我ながらまずいと思うのが、もはや、処女作の出版が目標というよりもオール讀物に掲載されることがゴールになってしまっている点だ。

オール讀物新人賞は由緒正しき短編のエンタメ文学賞として有名だが、新人が受賞後最初の掲載にこぎつけるまで、ものすごく時間がかかることでもまた同じくらい有名らしい。そこからさらに最初の一冊を出せるとなると、もっと狭き門で、この賞を獲っているのに今は作品を発表していない先輩方は大勢いるときく。賞さえ貰えば、作家になれるものとばかり思い込んでいたから私は本当にショックを受けた。さらに、運良く処女作を出版できたからといっても、三冊目までに重版がかからなければ、文藝春秋からもう本は出せなくなるらしい。他にも四十代前半までになにがしかの賞を獲らないと消える、誰それに嫌われたら作家生命終了、とか、鈴村さんにあらゆるルールを聞かされ、それだけで私はすっかりめげてしまった。人を蹴落とすとか、したたかに戦うとか、頭一つ抜けるとか、そういうのが、一番私に向いてないのに。

佐橋さんがそわそわと腕時計に目をやっていることにようやく気付いたので、「私、しばらくゆっくりお茶を飲んでから帰ります。お忙しいでしょうから、ここで大丈夫です」と切り出した。通常はエントランスまで見送ってもらうのだが、それが編集者のしきたりなのか、いつもこちらの姿が完全に視界から消えるまで直立不動で見守ってくれるので、恥ずかしいのと申し訳ないのとで、今日は自分からおしまいにしてしまいたかった。佐橋さんは立ち上がると、「お言葉に甘えます。では、ここで！　また次の作品ができたら」と早口で言い、細長い猫背をこちらに向けて、サロンを後にした。それが完全に見えなくなるのを待って、私はぼんやりと周囲を見渡した。めずらしく人の姿がない。遠くの席に、イラストレーターらしい女性が編集者の前で作品を広げているのがかろうじて確認できるくらいである。ため息混じりに、私は大きく伸びをする。

「あーあ、別の新人賞に応募して、一からデビューし直そうかなあ……」

自分でも驚くくらいのボリュームの声が出たが、どうせ誰も聞いていない。

「そんなの意味ないよ」

やけに甲高い男のものの声が、斜め上の辺りから降って来た。私は身を起こし、左右を確認した。空耳だろうか。

「今から一からやり直す？　そんなの意味ないよ」

私は声のする方を直視した。そこにはどう見ても、菊池寛像しかない。日差しが強いので、銅像は強く発光していて白っぽく、その唇が動いているのかどうかはよくわからない。幻聴に決まっている、と決めつけようとした瞬間、また声がした。

「そもそも、オール讀物に新人の作品がなかなか載らないなんておかしいんだよ。本末転倒。ナンセンス。編集長に僕から話してあげようか？」

「すみません、しゃべってます？　私にしゃべりかけてます？」

恐る恐る質問すると、急に日が翳《かげ》り、銅像からゆるやかに光が去った。

「うん！」

チョコレート色の唇がすぼまり、目がくるっと動いたのがわかった。悲鳴は出なかった。この種の体験をするのは、二十五年間の人生で完全に初めてである。待って、こういうロボットということは？　そんな話聞いたことがないし、ここに来るようになって三年になる今、突然しゃべり出したのも不可解だ。目の前には氷が溶けて薄くなったアイスコーヒーがある。コップの下は水滴で濡《ぬ》れている。赤字が少し入った原稿もある。先ほどの胃が痛くなるようなやりとりから地続きなことからするに、夢ではなさそうだ。起きていることを咀嚼《そしゃく》するより早く、私の中で疑問が爆発した。

「どうして？　だって、天下のオール讀物ですよ。大御所が掲載されるんで有名じゃないですか。ここに載ったら一人前だって、担当さんもいってたし……」

「違う、違う。そもそもオール讀物は、『文藝春秋』の臨時増刊号なの。知ってた？」

私は首を横に振った。そもそも父が愛読している「文藝春秋」さえ読んだことがない。小説誌ではなくコラムや論説が中心のインテリっぽい雑誌であることくらいは知っている。

「僕は最初『文藝春秋』を、若い人や無名の作家が自由に書ける場所が欲しくて作ったんだよ。敷居の低い、開かれた読み物にしたかった。名の知れた知識人たちのためだけの雑誌じゃなくてさ。僕にとって大切なのは、いつだって若手だよ」

言っていることが事実なのか確かめたくて、私は菊池寛、で検索することにした。会話の途中で、怒られるかな、と思ったが、銅像はなにやら、うらやましそうにこちらの肩越しにスマホを見下ろしている。

「それ、いいな。欲しい」

彼はこちらにかがみこんで耳元で、コショコショと話し掛けてくる。検索エンジンが現れた画面に、うっすら写り込んでいる菊池寛とふと目が合い、身体の温度が下がるほど、怖くなってきた。しゃべりかけてくる銅像よりも、あっという間にこのイカれた世界観に適応した自分に、である。慌てて原稿をリュックに放り込むと「待ってよ、どこいくの。一人にしないでよお」と悲しそうに呼びかける菊池寛を無視して、私はサロンから一目散に逃げ出した。

駅まで走る間も、地下鉄の中でも、あの甲高い声が頭の内側にへばりついている。どこかの病院に駆け込んだ方がいいのかも、と思いつつ、本格的に病名を告げられたら、本を出す目標ごとあきらめなければいけなくなりそうで、どうしても勇気が出なかった。しかし、渋谷から井の頭線、明大前から京王線に乗り換えたあたりから、最初のインパクトは薄れていった。蟬《せみ》の鳴き声が耳をつんざくような、駅前の駐輪場で自転車のペダルを蹴り上げる頃には、あれは映画とかテレビのワンシーンのような作り事に思えてきた。そんなことより、原稿がボツになった事実がどんどん大きく前にせり出してきて、私は再び佐橋さんの視線を思い出しては、重苦しい渦に支配されたのである。

帰宅するなり二階の自室にこもりきりの私に、休日出勤を終えた姉が話しかけてきた。目の前には暗渠《あんきょ》、畑に囲まれたちょっと辺鄙《へんぴ》な場所ではあるが、築三十五年の二世帯住宅である我が家の敷地面積は広く、部屋数も多い。私の先祖はもともとこの辺一帯を有する大地主だったそうだ。原嶋さんという苗字の家が周囲にいくつもある。

「大丈夫？　編集さんにまたなんか言われたの？　サメちゃん最近、ちょっと痩せたし、ふさぎこんでて心配だよ」

私とは比べものにならないくらい優秀な姉だが、会社では色々気苦労があるようだ。新卒で銀行に入行すると同時に上野毛《かみのげ》で一人暮らしをスタートしたが、激務がたたって身体を壊し、こうして実家に戻っている。以前に比べて、睡眠や食べるものにはかなり気を使っている印象だ。姉を不安にさせまいと、私は大声を張り上げた。

「なんでもないよ。すぐにいくね！　お腹空いた！」

こんな時、なにも口にしないで、自室に引きこもれる人はやっぱり大物になれるんだろうなあ、と少し悔しくもなるが、本当にお腹が空いてきて、私は階段をとんとん降りて行った。鯵《あじ》の南蛮漬け、庭で育てた紫蘇《しそ》、ネギ、みょうがなどの薬味たっぷりのお寿司、具なし茶碗蒸し入りの冷たいおすまし、茹《ゆ》でた枝豆、お隣さんからもらったトマト。父は、勤め先の区役所によくやってきて一方的に喋《しゃべ》って帰ってしまう、頭にコサージュやリボンをたくさんつけたおばあさんの話をし、祖母が祖父に出会う前に好きだったという青年に似ているアイドルの話をして盛り上がっていて、姉が「おじいちゃん、かわいそう！」と叫び、母がキッチンのカウンターに飾ってある祖父の写真立てをぱたんと前に倒した。私はすぐ陽気になって、お寿司をお代わりしてしまった。むろん、実家は好きだけれど、私はいつかはやっぱり自立してみたい。書く仕事だけで生計を立てられるのが理想だが、とりあえずは一人暮らしを最大の目標としている。できるだけ出歩かず、デートも我が家か近所、物も買わず、こつこつとお金を貯め続けているのはそのためだ。

夕食の片付けが終わり、祖母の入浴をサポートした後で、ついでに自分の身体も洗い、私はタオルで髪を拭きながら自室に戻った。蜜柑の枝が網戸を突き破りそうだ。闇の中でも鋭く光る葉っぱを眺めながら、私はパソコンを立ち上げる。でゅわわん、という音が暗い庭に広がって落ちていく。

どうして作家になりたいと思ったんだっけ――。昔から本を読むのは好きだった。たぶん、佐橋さんが読むような難しい作品ではないと思うけれど。私は背後の本棚を振り返る。心から愛している「おちゃめなふたご」シリーズ全巻と氷室冴子《ひむろさえこ》とジェーン・オースティンが並ぶ。小さい頃から我が家には本がたくさんあったし、学生時代から親しくなる相手は彼氏含め不思議と読書家のことが多い。
何回か検索を繰り返すうちに、「文藝春秋」が創刊された時の菊池寛の言葉というものにたどり着いた。創刊の辞、とあった。

『私は頼まれて物を云うことに飽いた。自分で、考えていることを、読者や編輯者《へんしゅうしゃ》に気兼なしに、自由な心持で云って見たい。友人にも私と同感の人々が多いだろう。又、私が知っている若い人達には、物が云いたくて、ウズウズしている人が多い。一には、自分のため、一には他のため、この小雑誌を出すことにした』『もとより、気まぐれに出した雑誌だから、何等の定見もない。原稿が、集らなくなったら、来月にも廃《よ》すかも知れない』

網戸に大きな蛾が張り付いていてビチビチと暴れている。だんだん薄気味悪くなってきて身震いし、私は窓を閉めることにした。寝る前に、彼氏にラインしようとして、ようやくスマホがないことに気付く。文藝春秋のサロンで見たのが最後だ。菊池寛の物欲しげでウキウキした目つきが蘇り、ものすごく嫌な予感がした。その夜、なかなか寝付けなかったのは、猛《たけ》りくるっていた蟬のせいばかりではない。

弁当屋のシフトが早番だったので、私はアポもないのに文藝春秋を二日連続で訪れた。サロンに入っていくと菊池寛の銅像めがけて、私は絨毯を踏んで直進していく。

早朝、彼氏から自宅にまでかかってきた電話で起こされてから気が気ではない。

「お前のツイッター、大騒ぎだぞ。なに、どうしたのいきなり⁉」と言われ、慌てて数日ぶりにパソコンからログインした。私のアカウントは、身バレしようがない、日々のこまごまとした内容を時折思い出したらつぶやく程度である。フォロワーは現実でも付き合いのある三十人ほどだったはずだから、一晩にして一万近く読者が増えていることになる。

予想はあたっていた。銅像の裏側に私のスマホは落ちていたのである。ツイッターアプリを立ち上げると、数え切れないほどのリプが舞い込んでいる。DMもパンク寸前だ。

「ちょっと、勝手なことしないでくださいよ。だいたいなんで、私のパスワードとかわかったんですか」

私が銅像に向かって文句を言うと、

「この位置から、君がスマホいじるのを何度も見ているんだもーん」

うふふ、と女の子のように菊池寛は笑って、くにゃっと首を傾げてみせた。私のアカウントを乗っ取った彼は、一晩で「菊池寛」を名乗って三十以上つぶやき、それだけで一躍ツイッター界の人気者となっていた。最新ではタイムスタンプ午前八時四十五分「日本で最初のメディアミックスやったの俺だからｗ」が千四百以上もリツイートされている。「菊池寛になりきったアカウント、面白すぎる」と、方々のまとめサイトで賞賛されていた。ライターとかお笑いタレントとか、旬の有名人と積極的にからんでいるのは、なかなかしたたかなやり方である。博識なネット民のコメントを眺めているうちに、私は自然と菊池寛がどういう人物であったのかを知ることになる。大正から昭和にかけて活躍した合理主義なアイデアマンで、作家として戯曲から純文学、大衆小説まで幅広く評価されただけでなく、編集者、経営者としても超優秀だった。有名なところでは『真珠夫人』『恩讐の彼方に』『父帰る』。選挙に立候補したこともある。遊び好きで将棋、釣り、テニス、ピンポン、賭け事、ダンスなどものすごく多趣味。文士劇ではそうそうたる作家に役をあてがうなどプロデューサーとしての能力も高く、人と人を結びつける才能があった。彼がサポートした作家の多くは才能を開花させ、後世に名を残している。私が大好きな『クマのプーさん』の翻訳家の石《いし》井《い》桃子《ももこ》さんもこの人のもとで働いていたらしい。

「一回つぶやいてみたかったんだよね！　アカウント貸してくれる人がいなくてさー」

と、彼は大層ご機嫌だった。私は仕方なく昨日と同じ場所のソファに腰を沈める。いつものように制服姿の女の人がやって来たが、何故か注文を取らずに向うに行ってしまった。

「あ、そう、君の処女作が載ってるオール讀物、ここの書庫で見つけて読んだよ。グッドセンス、グッドセンス！ 悪くなかったよ」

なんでも寛さんは社から人が消えたら、普通の人間の姿になって、好きに動き回れるらしい。パソコンもよく見るから、基本的に現代社会で起きていることはだいたい把握しているという。だから、二〇一六年の習慣や常識に昔の偉人がいちいちびっくり仰天、という、タイムスリップものにありがちなドタバタ展開は期待しないでね、と釘を刺された。

「よかった。また、君が来てくれて。しゃべりたかったんだよ。話しかけて反応してくれたのって、今までで君だけなんだよね」

彼はニコニコしている。私は何故か、少しだけ泣きそうになったのである。

「君、ひまなら、話し相手になってよ。僕は、昔から周りに人がいないという状態が耐えられないんだよ。もう何年も何年も、ここで話す人たちの会話を盗み聞くだけで、我慢も限界なんだよ。たまったアイデアで爆発しそう。ねえ、構ってよ、構ってよ。僕のことは寛って呼んでいいからさ！」

「作家って友達とわいわいやるのが好きなタイプじゃ、いけないのかと思ってました……」

学生時代の友達となんとなく疎遠になっているのは、社会人となったみんなが忙しく予定が合わなかったり、バイト暮らし実家住まいが恥ずかしいせいもあるが、やはり、作家たるもの孤独に執筆に励まねば、己と向き合わねばと思っているのが大きい。誘いをもらってもやんわりと断ってばかりいる。働いている彼氏が居ることとさえ、なんかちょっと後ろめたくもあるし、佐橋さんは明らかに、私のこの日々をたやすくエンジョイできる性分を嫌っている。

「え、僕、友達とわいわいやるの好きだよ。それが一番楽しいじゃん。人以外のもの、ほぼ興味ないもん。美術品とかさー、自然の景色とかさー、つまんないじゃん。動かないし、しゃべんないしさー。言葉を発さない美しいものはとりあえず褒めなきゃ人にあらずみたいな圧、まじ苦手」

私もかなり軽薄な方だが、寛さんは本気でチャラく、なんだか一周回って凄みさえ感じる。

「僕のポリシーとして、生活第一っていうのがあるのね」

「生活ですか？」

「芸術より生活の方が上って意味。君の担当編集さあ、君が原稿料の話したら、思いっきり嫌な顔したけど、お金のために書くのは少しもおかしいことじゃないよ。僕は貧乏から抜け出すために物を書く道を選んだのね。作家が将来の不安を口にしたり、お金の話をするのはだめって、それ職業差別じゃない？　だから僕、作家がスランプになった時にのんびり大学で勉強するシステムとか、作家向けの養老院とか考えていたし、作家の組合みたいなのも作ったんだ。あ、今もあるはず。まだ、入ってないの？　なら、担当に自分から相談して入っておいた方がいいよ。保険料を払えば色々と面倒をみてくれるから。あの担当、そんな大事なことも教えてくれなかったの？」

寛さんと話していると、佐橋さんへの畏怖《いふ》がどんどん薄れてくるようでかえって不安になった。私はなんだか、小説を書くこと、本を出すことを、ものすごく特別で崇高なことのように考えすぎていたのかもしれない。どう考えても、今の私の生活から地続きで生まれるものなのに。

「ちょっと思うのがさ、新人賞をとった短編作品にしばられることはないっていうこと。全然違う作品を書き始めてもいいんじゃないの？」

その発想がまったくなかったので、心底驚いた。

「でも担当さんは、そうめんを連作短編にして、本にしなさいって言ってます。それが近道だと思うし……」

「うーん。なったとしてもよっぽど上手くないと埋もれちゃうよ。今、めちゃくちゃ多いじゃん。連作短編」

なんだかよっぽど、寛さんの方が現代に通じている。このサロンでずっと聞き耳を立てているからだけではない気がした。

「ええ、でも、とにかく本にしないことには、私何も始まらないわけですし……」

「ねえ、君、なんでそんな自信ないの？　ズルでもなんでもなく、ちゃんと受賞してデビューして、それなりに選考委員には評価されていたじゃん」

「そうですね、その……。私すっごく凡人なんですよ。家族も仲が良くて、昔からわりと周囲に恵まれてて、挫折とか裏切りとか、そういうの経験したことなくて……。もっと辛い目に遭わないと……」

「ストップ。そんなの意味ないよ」

寛さんはチョコレート色の顔を歪《ゆが》めた。莫迦《ばか》にされているのかと思ったが、どうやら、あくびをかみ殺しているらしい。目の縁にほんのり涙が滲んでいる。

「若い頃の苦労は買ってでもしろ、とか言うじゃない？　作家は幸せになっちゃおしまいとかさ。女の物書きはたくさん変わった恋愛しろとかさ。でも、そんなの意味ないよ。貧乏して不幸になって恋愛したら、名作かけるの？　保証あるの？　そういう精神論、一番意味ないとおもってんの。僕、義理人情とか根性論とか、大っ嫌い！　僕、貧乏だったから、よくわかるんだよ。苦労しても性格がゆがむだけ。苦労人でいい人なのは、苦労したから性格が磨かれたんじゃなくて、もとっから性格が素晴らしい稀有《けう》なタイプなんだよ。それに苦労もしろ、いい性格にもなれって、辛い目に遭ってる人に対して要求きつすぎ。楽できるならそれを恥じずに環境に感謝してどんどん先に行った方がいいし、その分、人を助けたらいいよ。便利で新しいものも、ためらいなく取り入れる方がいいと思うよ」

「でもそれじゃあ、深みがないとか、ご都合主義とか怒られちゃいますよ？」

「えー、だって、僕の人生自体、とってもご都合主義なんだもん。困った時は必ず誰かが助けてくれたんだ。昔さー、あ、一高に通っていたころね？　芥川《あくたがわ》とはあの時から仲良くてさ。それで、学生のマントを泥棒したって濡れ衣を着せられたことがあって。むろん僕じゃないよ。でもね、すぐに疑いは晴れたんだよ。助けてくれる人もいたしね。それっていうのもさ、僕ってズボラで風呂嫌いだけど、みんなにすごく好かれてて……」

　寛さんはぺらぺらと調子良くしゃべり続けた。この人は本当に大正から昭和にかけての大文豪なのだろうか。私は心の底から懐疑的になった。言っていることがあまりにも合理的過ぎて、気が楽になり過ぎる。前向きでシンプルな言葉はここではあまりにも軽い。まあ、「ここ」を作ったのは、彼なんだけれど……。佐橋さんの方がよほど苦悩をにじませた芸術家っぽいではないか。こんなにムチムチニヤニヤした人物が作家であっていいわけがない。といっても、私は自分以外で作家と呼ばれる人に会ったことがないのだけれど。

「君が明るくて気立てのいいことと、君の小説がなかなかオール讀物に載らないことはまったく別のことなんだと思うよ。才能がないわけじゃない。どちらかというと、人の意見だとか読者のことは気にせずに、たくさん書いて上手くなっていくタイプだな。君みたいな子は、書いて先に進んだ方がいいよ。クヨクヨしないでどんどんやりなよ。やりたいようにさ」

急に、寛さんの眼鏡の奥の眠そうな目がぱっと輝いた。視線の先には、数メートル離れたソファに腰を下ろし、ぼんやり宙を見つめている、線の細い女性が居た。ほぼ、昨日の私のような所在なげな暗いオーラを纏《まと》っている。

「あ、ほら、あの子。さては、あれは新人作家だな。テーブルに置かれているのは『文學界』だから、純文か。見たとこ、まだデビューして数年目じゃない。ダメ出しくらって落ち込んでるんだよ。話しかけて、苦労をわかちあってきなよ。友達になれるんじゃん？」

私はぎょっとなって、顔の前で両手をありったけ振り回した。

「えー‼　無理無理‼　いきなり話しかけたら、頭がおかしいと思われますよ。エンタメと純文なんてなんの接点もないのに！」

「何言ってんの。そもそも、このサロンっていうのは作家同士の社交のために僕が作ったんだからね。その邂逅から生まれた傑作や絆はたくさんあるんだよ。ＧＯ！　Ｇ

O！ GO！」

「でも、今はここは単に担当さんとの打ち合わせの……」

「ルールなんてぶっこわしちゃいなさいよ！ ほら、この眼鏡貸してあげるから！」

「え、いらないし！ コンタクトだし！」

するとジェットコースターで受けるような強い風圧を全身に感じた。寛さんのかけていた眼鏡がふっとんできて、弧を描きながら、私の右の掌の真ん中に落ちてきた。

私は下から押し上げられるようにして、ソファから引き離され、片手で眼鏡を畳みリュックに仕舞《しま》いながらも、よろよろと彼女の元へと向かうはめになる。振り向こうとしても鞭打ちになったように首が動かず、つま先が前方にしか向かない。ああ、もう、どうとでもなれ。いきなり目の前にたちはだかった私を、その新人作家は怪訝《けげん》な表情で見上げた。傷つかなくて済むよう、断られてごく当然な、ナンパ師の態度で臨むことにした。

「あのー、すみませーん？ ダメ出しされたんですかー？ 私もでーす。オール讀物の新人です。超頑張ってるんですけど、全然原稿がのらなくってえ。十一回もボツでえ」

無視されるとばかり思っていたが、頭の地肌がうっすら見えるか細い髪を揺らし、彼女は突然、口を開いた。

「ええと、あなた、デビュー何年目ですか？」

ぺらぺらな素材のボーダーカットソーや、セロテープで補強してある眼鏡、化粧気のない青白い肌が、ちょっと薄幸そうではあるが、眉とまぶたのあたりに知性のひらめきを感じさせる人だった。

「三年目。原嶋覚子といいます。本名です」

「私は六年目。宮下《みやした》アヤメ。アヤメは本当は漢字だけど、私も本名」

何も質問していないのに、彼女はぽつぽつと喋り始めた。その担当編集者がやってくる気配はないので、座ってもいいですか、と言うと、アヤメは頷《うなず》いた。私は向かいにそろそろと腰を下ろす。

文學界も、オール讀物同様、受賞後第一作掲載までの道のりは険しいらしい。おまけに毎月出る巻末の「新人小説月評」では、新人が厳しくジャッジされるという。アヤメさんもデビュー作の短編が載った時に、それはもうこきおろされた、と浮かない顔で話してくれた。載ったら合格二重丸であとは本になるまでお好きにどうぞ、なこっちとはえらい違いである。それほど酷評されたら、私なら決して立ち直ることができないだろう。私はアヤメさんを早くも尊敬し、自分の不勉強を恥じた。連絡先を交換しようと思ったが、彼女は携帯電話を持っていないらしい。パソコンのアドレスも今ぱっと思い出せないということだった。アヤメさんが、ねえ、という風に不安そうにこちらの後ろを示す。佐橋さんが入り口の方から手招きしているのが目に入った。まだまだ話し足りなそうな彼女を残し、私は彼の元へと走っていく。不機嫌な顔つきがどんどん近づいてくる。

「あなた、ここでなにしてるんですか。今日はお約束していないですよね？」

「あの、忘れ物をしちゃって、取りに来たんです。スマホ。そこに落ちてました」

「彼女……、宮下アヤメさんとお知り合いなんですか？」

「いいえ、あの、たった今、こちらから話しかけたばかりです」

佐橋さんは大きく長く息を吸った。首の付け根あたりがヒクヒク震えている。目の周りが次第に赤紫に染まっていくのをみて、彼がとんでもなく怒っているらしいのがわかった。悲しいかな、私にはなにがいけないのかさえ、わからない。行動を点検しても、佐橋さんに迷惑をかけてはいないはずだ。

「そんなことしている暇、あなたにあるんですか？　ここは遊び場じゃないんですよ」

「ごめんなさい。でも、サロンって作家同士の社交の場なんですよね」

私がおずおずと言うと、佐橋さんはこれまでのどの瞬間よりも嫌悪に満ちた顔をした。叱られ慣れていない私は、これだけでもう泣きそうで、冷静な判断がまるっきり出来なくなった。こういう緊張感が何よりも嫌だから、就職しない道を選んだといえる。

「それくらい知っていますよ、僕が自社の歴史を何も学んでいないとでもいいたいんですか。いいですか。確かにそこから生まれた文化もあることはあります。でも、今はもうそういう時代じゃないでしょう？」

「ごめんなさい。ごめんなさい」

「このご時世、作家の世界は壮絶な競争社会なんですよ。仲良しごっこをしている場合じゃない。特にあなたみたいな新人は」

「ごめ、ごめんなさい」

「最近、あなた、様子が変ですよ。いいですか。僕は親切であなたに付き合っているわけじゃない。これは仕事なんです。常々いいたかったんですが、あなたには真剣さが足りないと思いますよ。本を出そうとしている新人はみんな必死で、命を削っていて、強い覚悟がある。デビューしたくてもできない人は星の数ほどいるんですよ」

「ごめんなさい。ふざけているわけじゃないんです。わかりました。あの、本当のことをいいます。あの、聞こえるんです」

莫迦にされてもいい。私は正直に打ち明けることにした。

「ここにいる菊池寛が私にしゃべりかけるんです。聞こえませんか？」

言わなきゃよかった!!

佐橋さんの大きく見開かれた目を見て、私は激しく後悔した。即座に背中を向け、絨毯を蹴って、サロンを飛び出した。エントランスの受付の前の椅子に座っていたアヤメさんが、ぱっと立ち上がった。私を待っていてくれたらしい。一人になりたくないので、彼女の存在が今は有り難かった。

私たちは文藝春秋を出て左に進み、ベローチェに入った。それぞれ一番安いホットティーを頼んだ。アヤメさんはダメ出しをくらった原稿をこちらに渡し、聞いてもいないのに内容を解説し始めた。私のことを気に入ったというより、誰かに話をすることにただただ飢えている様子だった。

ヒロインはごく普通の会社員だが、両親が亡くなり、それなりの額の遺産を相続することになる。結婚願望はなく同じ会社でずっと仕事を続けていくつもりなので、いい機会だから、終《つい》の住処《すみか》を購入しようと思い立ち、手頃な建売住宅を見て歩く。しかし、女の一人客というだけで、販売員にはことごとくなめられる。「ご主人かお父様は?」と疑わしげに聞かれる度《たび》、彼女は自分の存在が次第に希薄になっていくように感じてしまう。違和感を抱えたまま、たくさんの家を見て歩くうちに、時間の流れも空間の概念もぐちゃぐちゃになっていく。ドアを開けたら一万くらい同じドアがざーっと並んでいたり、階段を歩いているはずが、ふと気付けば、天井に立っていたりする。

「なんか傷ついちゃったんです」

アヤメさんはぽつりとつぶやいた。

「実体験というわけじゃ、ないんです。私、家を買うようなお金ないし。ただ、仕事で建売住宅に届け物をすることが何度かあったんです。ああいう場所、私とはなにも関係ないはずなのに、どうしても傷ついちゃうんです」

「どうしてなんでしょう？　すみません、私、そういうところ行ったことなくて……」

「建売住宅って、どこも独特のインテリアがしつらえてあるんです。『こんな家族を想定しました』っていう、明るくてみんな仲良しの必ず子どもがいる設定の家族のインテリア。こうあれっていう圧力っていうか。そこにいないはずの架空の人たちの存在が怖くて」

それを聞くうちに、私、一種類の感情だけで生きているわけじゃないんだな、と当たり前のことに急に気付いた。私も訳もなく傷ついている。ほんとうにちょっとした、恥ずかしくなるようなことで。母が疲れた顔で、祖母をほんのりじゃけんにするとき、姉が私のことを見るときの完全なる保護者の目、父が職場であまり好かれていないんじゃないかと判明するいくつかの瞬間、彼氏の少しだけマッチョ思考な励まし。全部私一人が悪いような気持ちになる。誰も間違っていないし、感謝もしているのに。毎日見えないくらい、小さくかすり傷を負っている。そりゃ確かに恵まれている甘ちゃんだけど、何も感じていないわけではないのだ。アヤメさんもピカピカの建売住宅で傷ついたっていいのだ。

気が進まなかったけれど、彼女に促され「そうめん」のほがらかなあらすじを解説する。案の定、自分から振っておいて興味がなさそうな顔で聞いていたアヤメさんのお腹がきゅうと鳴った。

「お腹、空いた？　何か頼みます？　サンドイッチとか」

彼女は顔を赤くして、消え入りそうな声でつぶやいた。

「あの、お金なくて……。もう帰ります」

私は特に深い考えもなく、アヤメさんを促して立ち上がる。

「なら、我が家に来ませんか。食べ物ならいっぱいあるし、場所代もかからないし」

半蔵門線と井の頭線、京王線と家まで続く暗渠を行く中で聞いたところによると、彼女は、複雑な家庭事情から、頼れる親族はおらず、高校を出てから職を転々とし、三十二歳になる今は高円寺のアパートで一人暮らししているらしい。人付き合いがあまり得意ではないため、派遣先の企業から退社すると、ほとんど言葉を発することなく生活しているらしい。こんなことを言ったらすごく失礼だが、いかにも物を書くために生まれてきたといったプロフィールに、一瞬だけ羨望《せんぼう》を覚え、すぐに反省した。

「あら、お友達連れてくるなんて久しぶり。ちょうど夜ご飯なの。ねえ、食べてく？」

ドラマチックなアヤメさんの生い立ちを聞いたばかりなので、小学校時代からまるで変わらない母の玄関での出迎えが、恥ずかしかった。

祖母は新聞を読みながら煙草を吸っていて、彼女が読み終わったそれの上で、父がそら豆の皮を剝いている。遊びに来ていた彼氏は姉と並んでテレビゲームをしていた。彼らがめいめい手を動かしながら名乗ったため、私を取り巻く人間関係はこれで説明せずとも、だいたい紹介できたようだ。アヤメさんは興味しんしんといった様子で、「こんなの初めて。笑い声が入るタイプのアメリカのドラマみたい。これ、セットなんじゃないんですか……」

とつぶやいていた。

我々は食卓を囲んだ。遠慮していたのに、いざ並んだ皿を見下ろしたら、彼女の目の色が変わった。アヤメさんはそのか細い身体に、ものすごい量のささみ紫蘇チーズカツと夏野菜のおろし煮と、私がバイト先でもらってきたゴーヤで作ったチャンプルーを詰め込んで、皆を惚れ惚れさせた。調子に乗った母がぞろぞろ出してきた手作りの漬物や梅干しに感動していた。お世辞ではない証拠に、白いご飯を何杯もおかわりした。デザートの桃も汁をたくさんこぼしながら平らげた。「帰らなきゃ、ほんとすみません。ご迷惑ですよね」と言いながらも我が家の書棚を眺めたり、母の作った果実酒をなめたりしているうちに眠くなったのか、洗濯物が積んであるソファにごろりと横になり、そのまま寝てしまった。思いがけず野生児っぽいアヤメさんに、私は好感を抱いた。どことなく彼女の持つ気配が静かなせいか、まったく他人が家に居るという緊張感がなかった。

「懐かしい。学生時代はよく、こうやって知らない子を連れてきたよね」

アヤメさんのカットソーに浮かぶ肩甲骨のあたりに、毛玉だらけのタオルケットをかけながら、母はうきうきした口調で言った。そうだった。ほんの数年前まで我が家は、サークルやゼミの仲間が次々にやってきて、その辺で寝たり、何日も泊まっていくのが当たり前で、なんだか毎日合宿みたいだったのだ。

自室に戻ると、ハンカチに包んでおいた寛さんの丸眼鏡をそっと取り出す。かけてみたら、ちょっとは才能をお裾《すそ》わけしてもらえるだろうか。度は入っていないらしく、レンズを通しても、視界はまったく変わらない。私は壁に立てかけた姿見を覗《のぞ》き込んで、すましたポーズを取ってみたり、文豪然としてベッドに腰かけ自撮りしてみたり、としばらく楽しんだ。アヤメさんから預かった原稿に目を落とし読み込んでいたら、いきなり真っ赤な字が飛び出してきたので、大声をあげた。

「ふふふ。びっくりした？」

耳にかかった眼鏡のつるの付け根のあたりから、インカムの小型マイクから流れ出すリーダーの秘密指示の要領で、寛さんの声がした。

「こうやって遠方に意識やボイスを送ることも、やろうと思えばできるんだよ」

「もしかして、さっきからずっと見てたんですか？　ちょっとそれ覗きですよ。着替えていたらどうするつもりだったんですか」

「ごめんごめん。お詫びといっちゃなんだけど、僕の眼鏡をかけたまま、アヤメくんの原稿をもう一度読んでごらん」

明らかにアヤメさんの担当者のものではない、がっしりした強い筆跡の赤字が、またしてもにゅっと目前《めさき》にせり出してきた。私はのけぞって、危うく椅子から転がり落ちそうになった。眼鏡を外してしまえば、飛び出す文字は消える。３Ｄ映画と同じ仕組みだ。

「これ、一体なんですか？」

「その眼鏡をかけて、まだ世に出ていない原稿を読むと、直すべきところがわかるんだよ。正確には、僕が編集者なら直すべきところって意味だけど」

日本文学史に残るレベルの超一流編集者による赤字……。反映したら、とんでもない傑作になるのではないか。私はすぐにパソコンを立ち上げ芥川賞の候補条件を確認した。下半期に該当するのは六月から十一月の間に発表された作品とある。であれば、あと二ヶ月のうちにアヤメさんが担当編集者からＯＫをもらえば、この作品が次の芥川賞にノミネートされることも可能なのだ。基本的に書籍になってからでないと候補になれない直木賞との最大の違いである。締め切りもなく、ただ漫然と掲載されることを目標にだらだら書いていた私は、他人事ながら身が引き締まる思いだ。今頑張れば半年後には、全然違う場所に立つことができる。ものすごくドラマチックに思えるが、それが作品のみで勝負できる世界の特徴なのかもしれない。

「掲載にこだわって、書きたいものが書けないのは意味ないと思います。でも、彼女の場合、今頑張れば、次の一作でいきなりスターになれる可能性が出てくるわけでしょ？」

私は言葉を切った。この思いつきにブレーキをかけているのが、私にそんなことをしている暇あるのかな、という後ろめたさだ。こうやってアヤメさんにおせっかいを焼くことで、自分の向き合うべき問題から、逃げているだけじゃないのかな？　こちらの逡巡《しゅんじゅん》はすぐに眼鏡のつるを通じて、読み取られたらしい。

「誰かを助けたからって、君の財産が減るわけじゃないんだよ。むしろ、君自身にとっても、いい経験になるんじゃないの？　川端康成《かわばたやすなり》がぜんぜん売れてない頃、いろろアドバイスしたもんだけど、こっちも勉強になったよ」

この人は他人に何をしようが、何をあげようが、少しも惜しくもないし、それですり減るような器でもないんだろう。こうやって私に構うことさえ、遊びの一種みたいなもので、もしかすると、それが生きがいなんだろうと思った。まあ、死んでるけど。

「あのね、芥川が自殺する直前にさ、僕んとこに何度も訪ねてきたんだよね。その時、たまたま居なかったんだよ。一回ならいいんだけど、それが何回か、続いてさ。最後まで全然気付かなかったんだ。ものすごく間が悪くて。それが自殺の引き金になったんじゃないのかって、すっごく責任感じてるの。ほんと、あの時……ＳＮＳがあればよかったなって思うの！」

導入部分はシリアスだったので、真剣に聞いていたぶん、なんだそりゃ、な結論に、私はあきれた。

「だってそうじゃん。芥川が僕に『いまどこ？』ライン一件、あの時送ってくれれば、済むことだったもん。ＳＮＳが人々の心を荒廃させたとかいうけど、そんなことないね。悪い面もあるけど、ＳＮＳのおかげで救われてることって絶対いっぱいあるからね！」

この人はなにごとも否定から入らないんだな、と感じた。未知のものでも受け入れて、すぐに自分のものにしてしまうから、幽霊になってもアイデアでいっぱいなのだ。

「なにが言いたいかっていうと、せっかく出会った友達なんだから、できるだけのことをした方がいいし、生きてるうちはできるだけ会っておいた方がいいってこと。直《なお》木《き》三十五《さんじゅうご》と芥川が死んで、僕はすっかり張り合いなくなっちゃったの。やる気もなくてつまらなかった。なんていうか、あいつらは僕と違っていた。書くためだけに生まれてきた人種っていう感じがあってね。自分にはない魅力がある友達って、すごくいいもんなんだよ。あいつらがいた頃、本当に毎日、楽しかったんだ。ちょっとでもあの頃を思い出したくて、名前がついた文学賞をつくっといたんだよねー」

「すみません。いいお話だとは思うんですけど、なんか、わりと適当……なんですね」

「そうなのよー。僕、なんとなくで全部決めてるから。意味はあとから急いでつけたのよ」

この人が友達のためとはいえ、勢いで決めたことが確固たる文壇のルールとなり、後世の作家や編集者が真剣に悩んだり、焦ったりしていると思うと、なんだか頭の上に立ち込めていた重たい霧が消えていくようだ。アヤメさんが置かれているのは、私以上にシビアな状況かもしれないが、彼女は光を浴びる可能性が高い。だったら、アヤメさんのバックアップに努めることは、意味のあることのような気がした。なによりさっと読んだだけなのに、彼女の原稿は軽やかなのに毒もあり、とても面白かった。

「ほんと、ルールなんて気にしなくていいよ。考えたこっちだってノリなんだから、君みたいな若い子がぶっこわしていいものなの。僕ら昭和の人間が作っておいてなんなんだけど、純文とエンタメなんて垣根があるのも、日本だけなんだしさ」

「あの、やっぱり、今はこの眼鏡使わないことにします。私の目でアヤメさんの作品、一体、なにをどうしたらいいのか、考えてみることにします」

それって、すごく意味あるねっ！　と寛さんはフンフンと鼻歌をうたいはじめた。

椅子に座り直し眼鏡を外し、アヤメさんの原稿に目を落としたら、不思議なことが起きた。私の身体は机を離れ、強い力で肩を摑《つか》まれるようにして、開け放した窓から外に出て、高く高く夜空へと昇って行ったのだ。蟬の声が小さくなり、やがて完全に消えた。はるか下に、我が家の緑の屋根と庭と周囲の畑が見える。私の身体はどんどん、夜風に流されていった。家の前の暗渠と商店街、バイト先の弁当屋、彼氏の勤めるホームセンター、父の働く区役所、駅。夏の夜空は生暖かくて青臭い。手足に全然力が入らない。もともと現実味が薄れる季節と時刻だ。もはや身体のどこにもしっかりした感覚というものが残されていなかった。案外そんなものなのかもしれない。終電車からホームに吐き出される人の群れを見下ろしながら思う。みんな疲れた顔をしていた。時代なんて関係ない。もともとこの世界に確かなものなんて何もないし、どんな仕事も保障はない。だったら、面白い方を、私が楽しくなる方を、信じた方が断然豊かじゃないの。力を抜いたら、私は急に上手く飛べるようになった。

ふと、隣を見たら背広姿の寛さんが居た。同じように、両手両足を大きく広げて漂《ただよ》っていた。目が合うと彼はもともとくしゃくしゃした顔をさらに、押しつぶすように綻《ほころ》ばせた。私は声を出して笑った。私たちは明け方近くまで、京王線沿いの星が全然見えない夜空を、飛び続けた。

季節は真冬だけど、文藝春秋のサロンを訪れると、やっぱりアイスコーヒーを頼んでしまう。

「あの、このガムシロップすっごく美味《おい》しいですね。どうやって作るんですか？」

アヤメさんに勇気を出して話しかけたあの夏の日以来、私は社交性を取り戻していた。

相変わらず菊池寛像には眼鏡を返せていない。銅像から眼鏡が消えたということで、一時は大変な騒ぎだったらしい。むろん、戻そうと思って何度も眼鏡を手にこのサロンを訪れているのだけれど、人目が気になって、いつも出し損ねている。ズルはやっぱり好きじゃない。あの眼鏡は百円ショップで買ったケースに大切にしまい仏壇の引き出しに隠してある。本当に困ったときにだけ、一回くらいは頼るかもしれない。

作家の世界は、凄まじい競争社会ということだが、勝ち抜かなくてもしぶとくじりじりサバイブすればいいし、どうしても戦わなきゃいけないにしても、私なりのスタイルを選ぶ自由くらいはあるはずだ。武器だってやり方だって。

何か、特別な作り方をしているんですか、と尋ねると、制服の女性は快く教えてくれた。

「ああ、これ、コーヒー豆を炒って、ガムシロップで煮出しているんです」

「へー、今度、ためしてみようっと！」

さて、年が明けた。

アヤメさんは文學界新人賞受賞後第一作の短編で芥川賞を受賞した。受賞の連絡は我が家の居間の固定電話に入り、家族と彼氏の見守る中、私とアヤメさんは抱き合って喜んだ。彼女はあの夏からほとんど我が家に住んでいたようなものだった。

今も、ここの正面玄関には、宮下アヤメの顔写真が添えられた受賞作品のポスターが貼られ、日本中どんな書店に行っても、彼女の受賞インタビューが掲載された文學界が積み上げられている。会見でのちょっととぼけた、でも誰も傷つけないセンスある物言いが話題を呼び、彼女は今、メディアにひっぱりだこである。貧困出身であることを率直に語り、独特の明るさを持つ作風と生真面目な雰囲気が、この時代にとてもマッチしている。

二ヶ月かけて、私とアヤメさんはほぼ毎晩額を突き合わせ、後に芥川賞を獲る「ゴールデンハウス」を練りに練った。成功の要因は、私のアドバイスというよりは、我が家で暮らしのほとんどをまかなったせいで、彼女が派遣の仕事を減らし、執筆に集中することができたせいかもしれない。私の直感に基づいて、家族を描くのではなく、家の構造そのものに焦点を絞った。彼女のイメージが湧くように、二人でさらに建売住宅を見て回り、あらゆるバリエーションを叩き込んだ。彼女の言った通り、女二人の客は、ひやかしと思われなめられることが多かった。「こんな家族を想定しました」と自信満々で見せられるインテリアはどこか歪《いび》つで、独善的だった。私はアヤメさんの言う「違和感」とやらがわかってきたのである。もしかして、我々が仕事を通しておのおののやり方で立ち向かおうとしているものは同じ種類の抑圧なのかもしれない。

こうやってアヤメさんを多少なりともサポートできたことで、私はようやく自分の環境を恥じなくなった。その分、けちにならずに自分の財産を周囲にお裾わけすればいいだけの話だ。寛さんがあんなに気前が良くて面倒見が良かったのは、人好きなのはもちろん、いわば己のリア充っぷりを引け目に思ってウジウジしたり、逆に現状にあぐらをかきたくもなかったからなのだろう。

この数ヶ月、菊池寛に関する文献はもちろん、『父帰る』や『真珠夫人』などの著作もよみあさった。彼の作品は今の価値観からすると「？」と思うところもあったし、勇敢な「真珠夫人」が結局、死んでしまうのも私は納得していない。ひっかかりがないわけではないが、当時としては家族主義に懐疑的かつなかなかのフェミニストで、実際女性に多くのチャンスを与えていたこともわかった。「そんなの意味ないよ」が口癖だったらしい。

私は寛さんにしゃべりかけた。

「私はこれといって大きな傷もないし、命を削るくらいなら寝ていたいんですが、その、なんていうんですか。ふとした瞬間、例えばニュースを見たり、人と話したり、電車に乗っていたりすると、なんとなく傷ついてしまうことがあって。なんでだかよくわからないんですけど、のんびりしていちゃいけないんじゃないか、幸せになっちゃいけないんじゃないかって、誰かに怒られているような気がするときがあって。そんなことを感じているのは、もしかしたら、私だけじゃないんじゃないのかなって……。上手く言えないんですが、そういうことから解き放たれるような、小説を書きたいです」

年末と正月を使って書き上げた原稿は今回もやはりボツらしい。打ち合わせはこれからだけど、昨晩佐橋さんから来たメールでなんとなくわかった。

「私、決めました。『そうめんデッドコースター』を連作短編にするのやめようと思います。新人賞を獲った作品は一回忘れて、全然違う話、長編を書き始めようと思っています。描きたいものが最近、ぼやーっとですが、見えてきたような気がするんです。それをこれから、担当さんにちゃんと話します」

何度もこねくりまわしたせいで、私はそうめんの設定や登場人物を憎み始めてさえいたのだ。そもそも長くすることを想定して書いた話ではないのだから、行き詰まるのは考えてみればごく当たり前の事態だった。

アヤメさんに嫉妬《しっと》がまったくないかといえば、それは嘘になるかもしれないが、彼女だけでもこのぬかるみから一抜けできたのは嬉しい。私は書き手としてはまだまだだが、面白いものを見出すアンテナは鋭いのかもしれない。そう、菊池寛みたいなプロデューサーセンスが多少なりとも宿っているのかも。一時はほとんど毎日のように入り浸っていたアヤメさんだが、今はもう自宅アパートに戻っているし、多忙なのかほとんど連絡が来ることはない。それは仕方ないことだし、そのうちまた、遊べるようになるんじゃないかな、とも思っている。

「遠回りになるのかもしれないけど、もう十分、遠回りしちゃってるし、別にいいかなって思えました。処女作出版まで、すごい長丁場になるぞって思って、バイト代貯めながら、腰を据えてやっていきます。新人の連作短編って今、飽和状態だし、私よりもっと上手い人がいくらでもいそうだもの」

ずっと黙っていた寛さんが、くしゃっと微笑《ほほえ》んだ。

「そうだよ。別に編集者のいうことを、なにからなにまで守る必要なんてないんだからさ。あくまでもアドバイスなんだから。君が書きたいものは君が決めなきゃね」

これでもう、誰のせいにも出来なくなった。私の覚悟は決まった。考えてみれば、私は今まで佐橋さんにすべての判断を委ね、甘えきっていた。彼が私に冷ややかだったのは、当たり前のことなのだ。ルールに従うのは、実は一番楽なのだから。

「それに、やってみたいこと、たくさん出てきたんです。寛さんみたいに、執筆以外でもたくさん。もっといろんな本を読んでみたいし、外国語も勉強してみたい。旅行とか、油絵を描くこととか、人に会うこととか、ミュージカルも観てみたいな。もちろん、自立もあきらめません」

「そうそう、なんでもやったらいいよ。小説に生かされるとか生かされないとかケチくさいこと考えるのって、そんなの意味ないよ。そうだ、それなら、さっそく僕と踊ってみない？」

この人、本当にモテたのかもしれない——。私はこの数ヶ月間で、読み漁った数々の寛さんの女関係の逸話を思い出す。けっこうクズでゲスな話も多く、かなり幻滅し、嫌いにもなりかけたが、この通りぬいぐるみっぽい雰囲気なので、いまひとつ信用していなかった。しかし、こうしてみれば誘い方が自然で、こちらに負担がまったくからないのがお見事であった。

「でも、私、ダンスなんて今まで一回も踊ったことないし。きっと寛さんの足踏んじゃいますよ？」

私がもじもじしていても、寛さんはへいちゃらだった。

「僕ね、五十九歳で死ぬ日も自宅で踊っていたのよね。ダンスして、寿司食べて、狭心症で死んだの。でもね、とってもダンスは下手だったのよ。何度やっても、歌うことも踊ることも全部苦手だったのよ。よくみんなに笑われた。だけど、どれもとっても好きだったんだ。好きなことをするのはとても楽しいよね。いいじゃない。君が楽しいと感じるなら、なにしたって。どう思われたとしても、それはその人の問題であって、君の抱えるべき問題じゃないんじゃない？」

この人、生きることがほんとうに好きだったんだな。私は楽しいはずなのに、鼻の奥がきゅっと痛くなってきた。何かを成すということじゃなく、ただ生きて、何かを見て、感じることをほんとうに愛していたんだな。こんなに私にやる気をくれる寛さんは、生前色々やらかしてきたようで毀誉褒貶《きよほうへん》あるけれど、心根そのものは優しい人に思えた。

私は相変わらず、本も出なければ、文芸誌に名前も載らない。載ったところで、この出版不況、一般の読者に私の作品が届くのは、きっと気が遠くなるほど先の話だ。日本文学史全体で見れば、おこめつぶのような存在であることに変わりはない。

「お嬢さん、踊っていただけませんか」

そういうと、銅像の笑顔が虚空に、ふわっと二重に浮かび上がった。日差しのせいかな、と私は瞬きする。白い光の中に菊池寛がにじんでいく。いつの間にか、ずんぐりした中年男性が私を見下ろしていた。銅像を抜け出した菊池寛その人であった。彼はうやうやしく足元に跪《ひざまず》いた。そんなことをしてくれた男の人は彼が初めてだった。

ええ、喜んで、と私は微笑んで、優雅に右腕を差し出したのである。初めて触れた寛さんの指は、あったかくてべたべたと汗ばんでいる。サロンの風景がぐるぐるまわりはじめ、菊池寛の四角い顔だけが鮮明に、私の世界の真ん前で笑っていた。


佐橋守はなす術もなく、サロンの入り口に突っ立っていた。

原嶋覚子は大きな円を描きながら、ぐるぐると踊っている。足取りは軽やかなステップを踏み、両手はまるで見えない相方の身体に委ねられているように、彼女の胸より高い位置に、右手は縦に左手は横に、ぴたりと固定されている。その目はいかにも楽しそうにきらきら輝き、少し上を見つめていて、そこから一切そらそうとしない。

そこにいるどの編集者も作家も、その無名の新人を遠巻きに見つめ、恐怖と好奇心で表情を強張らせている。文庫書籍部の男がちらりとこちらに責める視線を送った。言われなくとも、自分のせいだと社内で思われていることは明白だった。

ここ最近、覚子は以前にも増しておかしかった。ぶつぶつと独り言が増え、目が据わるようになった。まるで担当編集のしごきのせいで変になりました、と言わんばかりで、よりいっそう腹立たしい。優しくせねば、気長に付き合わねばと、どんなに自分に言い聞かせても、彼女を前にするとどうしても、突き放すような口調になってしまう。

覚子には、冗談やちょっとした皮肉がまるで通用しないのだ。何を言っても愚直に受け止め、こちらを丸呑みするような勢いでくらいついてくる。覚子が必死に原稿に取り組めば取り組むほど、「お前のようなたかが社会の歯車が、私のような将来性のある若者にいい加減な対応をすることは決して許さない」と、全身で非難されている気がして、疲労困憊《ひろうこんぱい》する。普通これだけボツをくらえば、多少はしょげるはずなのに。

佐橋はかつて作家を目指していた。その熱量と真摯さはこの女の比ではない、鬱屈に満ちた青春時代だった。死んでもいいと思えるような激しい恋をした。佐橋は確かに、書くべきものを持っていたのだ。

この女には文才はない。圧倒的に文学的知識と語彙《ごい》が足りていない。ろくな修業もせず、聞く限り、孤独や挫折も知らず、周囲に勧められるままに応募をしたらあっさりデビューが決まったなんて、すべての作家志望者と元志望者への侮辱としか思えなかった。これは断じてモラルハラスメントではない。彼女のためを思って、他の作家より厳しく接しただけだ。己の限界と向き合って、ちゃんと一回深く傷つけばいいのだ。しかし。

他者をまったく寄せ付けない強い個性が彼女にあるのは、佐橋も認めざるを得ない。

今、覚子は誰のことも気にせず、踊っている。

この女を傷つけることは、結局、誰にもできないんじゃないだろうかと思わせる、自己への深い傾倒。絶対に不可侵な領域を持つ人間特有の、透明感のまったくない目の色をしている。それは一見あっけらかんとしたホームドラマ風の彼女の作品にもよく現れていた。

自分でも驚くような長いため息が出た。校了前でひどく疲れていた。もう、好きにすればいい。自分とこの女は無関係だ。どこの世界に、こんなイカれた女と二人三脚できる編集者がいるというのだろう。ただでさえ、文藝春秋は部署異動が激しいことで有名だ。一人の作家に惚れ込んだところで、ずっと担当できるわけではない。ようやく一冊の本を出せたところで、売れなければすぐに関係は断たれる。

そもそも、彼女に万が一霊感があったとしてここに菊池寛の幽霊が出るはずがない。なぜなら、彼が亡くなったのは、この紀尾井町のビルが建つ前なのだ。

サロンのバーでお酒が出された頃のように、作り手や編集者が、心を解放し、めいっぱい遊び、手を取り合い、創作に没頭できた時代が、二度と戻ってこないのはわかりきっている。わかっているのに、佐橋はどうしても目を離すことができなかった。なぜなら覚子ほど、楽しそうな作家をいまだかつて、このサロンで見たことはなかったから。

声をあげて笑いながらぐるぐるとワルツを踊り続ける覚子を、今日も眼鏡をかけていない菊池寛が、重たそうな瞼《まぶた》越しに優しく見守っていた。

渚ホテルで会いましょう

タクシーが海岸線に寄り添い、ゆるやかなカーブを切った。

ずっと並走していた江ノ電に抜かされた瞬間、湘南海岸にせりだした崖の上のホテルが前方に現れた。八月の終わりの海はおだやかな青灰色で、砂浜にはサーフィンボードを抱える数名がいる程度だ。江ノ電の踏切を渡り、山へと向かう急な坂道をゆっくり上って行く。観光客らしい若い男女がスマホをかまえて、坂道やその先に佇むホテルを写真に収めていた。毛利《もうり》はその光景に満足して、三十代くらいの運転手に声をかけた。

「いや、すごい人だね。このホテルは今もファンにとっては『聖地』なんだね」

「ああ、そうですね。最近、遠くからわざわざ写真をとりにくる人が多いんですよ。確か、なんとかっていう名前の人気アニメに出てくるんですよね。この坂道」

彼が軽い調子で答えたので、毛利はなんてもの知らずなんだ、とあきれた。しかし、斜めになった車窓からよくよく覗き込めば、観光客たちはみな、少年のアニメ絵がかかれたTシャツを身につけて、グッズらしいキーホルダーをカバンやスマホからぶらさげている。

等間隔で植えられた椰子《やし》の木で囲まれた駐車場に入ると、整然と並ぶホテルのガラス窓が、山の斜面に連なる別荘を飲み込んでいた。頰を撫《な》でる風から潮気が消えて心地よい。

「いらっしゃいませ、毛利先生、従業員一同お待ち申し上げておりました」

タクシーがエントランスに横付けされるなり、なじみの支配人が飛び出してきて深々と頭を下げ、案内係からひったくるようにしてこちらの荷物を引き取った。彼の態度は決しておおげさではない。毛利が一九九二年に出版した恋愛小説「永遠の楽園」で舞台として取り上げたおかげで、ここは通称「渚ホテル」として一世を風靡したのだから。お互いに家庭がありながらも愛し合う男女を描いた切なくエロティックな物語は絶賛され、賞を獲得したばかりではなく二百万部売れ、映画化ドラマ化されそのどちらもが大ヒット、社会現象とまで呼ばれた。当時「渚ホテル」を利用する不倫カップルは後を絶たず、主人公たちが好むワインやディナーコースが人気なのはもちろん、二人が泊まるスイートルームも一時は予約が取れないことで有名だった。

大理石の磨き抜かれたロビーに足を踏み入れると、砂まみれのビーチボールが毛利の顔面に飛んできた。それは、数回足元でバウンドしたのち、ころころと転がっていく。鼻の奥がずきんと痛んだ。

「おじいちゃん、ごめんねー」

小さな男の子がこちらの顔をろくに見もせず、真横を走り抜けていく。支配人も客の子どもだけに注意ができないのか、ヒヤヒヤしたように「お怪我はございませんか」とつぶやくばかりだ。

毛利はハンカチで顔を拭いながら、改めてロビーを見渡した。ホテルが見えてきた時からぼんやりと抱いていた違和感が、今はっきりと形をなした。そこら中、小さな子どもが走り回っているのだ。訪れるのはかれこれ三年ぶりだったが、雰囲気ががらりと変わっている。煙草と酒くらいしか扱っていなかった売店には、花火や虫とり網が並んでいた。ロビーの中央から季節のフラワーアレンジメントが撤去された代わりに、会議室にあるようなパネルに下手くそなクレヨンの擲《なぐ》り書きがいくつもうやうやしく飾られている。近付いてみると、どうやら子どもの俳句の展示のようだ。

「しらすどん　うみとえのでん　ままえがお　うすいかおる」

金色のリボンが輝いているということは、これが大賞……。毛利は背中に嫌な寒さを感じた。不景気とはいえ、堕ちるところまで堕ちたものだ。ブームが去った後も一定の格は維持していたはずなのに。祭りの後の静けさというか、気が抜けたシャンパンのようなけだるい贅沢さも、毛利は愛していた。もともと、海水浴場の喧騒から離れた高台に位置し、客層も落ち着いているので、世をしのぶカップルにぴったりな空間として、毛利自身が個人的に利用を重ねていたことから、「永遠の楽園」の構想をひらめいたのだ。後ろから支配人の声がする。

「こちら、当ホテルのオーナーが経営するスーパーマーケットが主催する全国七夕俳句コンクールで、金賞をとった四歳のお子様の俳句です。賞品として当ホテルに二泊三日、ご家族全員をご招待しました」

ふとあたりを見渡せば、男女の香りがする組み合わせなど一組もいないことに、毛利は愕然とした。ウロチョロする子どもに目を細めているのは、じいさんとばあさんばかりではないか。

「ずいぶん、客層が変わったんだね、しばらくこないうちに」

なじったつもりだが、支配人は口調を弾ませた。

「はい、『永遠の楽園』ブームで九〇年代にカップルとしてご利用いただいておりましたお客様に、今はお孫さんときていただけるようになりました。ニーズにあわせて、各種サービスは大幅に値下げして、お孫さんと食事やプールを楽しめる『グランパグランマプラン』通称グラグラプランが現在、当ホテルの目玉でございます。日差しの落ち着いた今ぐらいが、グラグラ層のお客様に人気なんですよ。『永遠の楽園』にちなんだワインメニューやサービスももちろんそのまま残してありますが、ご年配のお客様もお子様も美味しくいただける、しらす丼が大好評でございます。毛利様もいかがでございますか？」

まだ歯は丈夫だ、と言い返そうとした瞬間、めりっと腰に鈍い痛みが走った。振り向くと、じいじ、とおかっぱの小さな女の子が叫び、毛利の膝にしがみついている。こちらを見上げた目は長い睫毛《まつげ》で縁取られ黒々と濡れていて、胸がざわりとした。子役にしてもおかしくないような愛くるしい女の子だった。父親らしき、四十代くらいのずんぐりした男がベビーカーと一緒にすっ飛んできた。娘とは似ても似つかない肉に目鼻がうずもれたような顔立ちで、それはベビーカーの中で指をしゃぶっている、さらに小さな男の子の方に受け継がれているようだった。

「すみません、失礼しました。この子、老人、じゃなかった、シニア男性をほとんど見たことがなくてめずらしくて仕方がないんですよ。さっきから、おじいさん、じゃなかった年配の男性にどんどん話しかけちゃって」

肉団子はしどろもどろで、ペラペラのTシャツのあちこちを汗ジミで透けさせている。浪人生のような垢抜けなさなのに髪には白いものが混じっていて、顔は真っ赤に日焼けしている。かつては絶対にこのホテルに足を踏み入れることのできなかった人種で、毛利はげんなりした。

「うち、どちらも父親は他界しておりまして。今、保育園にもけっこう多いんですよ、高齢同士の結婚で、最初からおじいちゃんのいない子……、って、ほんと、すみません！」

六十代後半でそんな呼ばれ方をする所以《ゆえん》はない、と反論したかったが、女の子がしょんぼりと睫毛を伏せているので、なんとか飲み込む。父娘らに背を向け、毛利はチェックインに取り掛かった。もともと子どもは好きではない。四十二歳になる娘は海外に行ったきりろくに連絡もよこさないから、仮に彼女がこれから出産したとして、孫の顔を見せてもらえる可能性は非常に少ないが、どうということもない。支配人の後について、エレベーターに乗り込んだ。

いつものように通称「永楽ルーム」と呼ばれる最上階スイートルームに案内された。ぱりっとしたカバーで覆われたベッドに腰を下ろし、荷物を解き、ようやく一息つく。壁一面の窓から、相模湾と江ノ島が見渡せた。

朝焼けが水平線を溶かし、波間を薄紅と蜜色に染めていくその瞬間を、季見子《きみこ》はなによりも愛していた。私に今も絵が描けたのならこの瞬間を永遠に残せるのに、と悲しそうにつぶやいていた。美大卒の彼女は、著名な絵描きの夫のモデル兼妻となることを選んだ時、自ら筆を折ったのだ。なによりも芸術を愛するからこその選択だったといえる。「季見子」と、毛利は小さく声に出してみた。

つばの広い麦わら帽子と白いワンピースという出で立ちを好み、夜、あれほど大胆に乱れるとは、想像もつかない可憐な女だった。それはそのまま「永遠の楽園」で描かれ、彼女は十和子《とわこ》というヒロインに姿を変え、日本中の男たちを熱狂させた。

ふいに息苦しくなり、毛利は立ち上がり、バルコニーに出た。ホテル中でこの部屋からだけ見える江ノ島の灯台を、季見子はとても好きだった。毛利は水着に着替え、備え付けのバスローブを羽織ると、バルコニーから延びる螺旋《らせん》階段をそろりそろりと降りていく。スイートルームからはプールサイドに直に降りることができるから、泳ぎが好きな彼女はしょっちゅうここを行ったり来たりしていた。今なお、崖の上にネットが張り巡らされ、転落防止用の手すりがあちこちについているのは、あの小説のラストシーンが物議を醸したせいだった。

十六時近いせいか、恐れていたほどには子ども連れの客の姿はない。毛利はほっとして、パラソル付きのリクライニングチェアに横たわると、若いボーイを呼び止め、マティーニを注文した。四十メートルほどのプールの水はラムネのような淡い色で、絶え間なく細かなさざ波を立てていた。

目を閉じると、季見子が隣にいるような気がした。ねえ、先生、といつもはにかんだような声でささやいた。水着のままこうしてカクテルを飲むのが、お気に入りだった。季見子といると、いつも何人もの男が振り返り、焦げそうな視線があっちこっちから伸びてきたっけ。彼女の夫が毛利の本の装丁を手がけたことをきっかけに、招かれた個展で目と目が合い、逢瀬《おうせ》を重ねるうちに、自然に結ばれた。二人の関係は出版界では公然の秘密で、五十歳より上の編集者には今なお毛利の武勇伝として語り継がれている。

毛利が目を開けると、隣のチェアに、おどろくほど季見子に似た黒いビキニ姿の美女が横たわり、静かに海を見つめていた。

「お一人ですか？　よければマティーニをごちそうさせてください」

身体が熱くなるのを感じて、声をかけた。美女は挑発的な笑みを浮かべると、見事なくびれを見せつけるようにしてふいに立ち上がり、水の中に消えた。彼女に導かれるようにして、毛利もつい水辺に近づいてしまう。何かぷるんとしたものを足先に感じたな、と思った瞬間プール、海、空の三層の青が反転した。塩素のにおいがする水が喉から鼻に流れ込んできて、悲鳴をあげようにも、気管が塞《ふさ》がれている。人魚が水の中を漂っていて、こちらを不思議そうに眺めている気がした。おじいちゃーん、と遠くの方で声がした。

気がついたら、毛利は分厚いバスタオルで包まれ、プールサイドの片隅でガタガタ震えていた。暖かい手が背中を優しくさすっている。周囲の客が心配そうに目を向けているのが、恥ずかしくてならない。久しぶりに触れるひと肌に、喉の奥に硬いものがこみ上げ、うっかり何か口にしたら全身が溶けてしまうような気がした。

「申し訳ありません。うちの子たちが浮き輪を放り出していたせいです」

男の太い声に毛利がぎょっとして振り向くと、ロビーででくわした父娘がまたしても、毛利を覗き込んでいた。女の子はディズニー風の人魚姫のいでたちをしている。まだ言葉もおぼつかなそうな男の子は黄色い魚の格好だった。水着姿の肉団子が指差した先には、巨大な貝の形の浮き輪があり、あれにつまずいてプールに落ちたようだ。

「本当に申し訳ありません。先ほどからご迷惑ばかりかけて……」

縮こまっている男を見ていたら、治りかけの傷を掻きむしるような気持ち良さがこみ上げ、たちまち活力が戻ってきた。バスタオルでしっかり身体を包み直すと、鼻を鳴らしてみせた。

「時代は変わったね。僕が知っているこのホテルはね、子連れでおいそれと来れるような場所ではなかったんだがね」

「ですよねえ。そもそも、こんな老舗ホテル、自力では絶対泊まれませんから。子どものおかげでたまたま来れたようなものなんですよ」

「あっ!! もしかして、あの、ロビーに貼ってあった俳句! きみのうちの子のか!」

毛利はありったけの非難を込めて叫んだが、男は顔をほころばせた。そうするとますます目鼻が吸い込まれて、肉団子がしゅうまいに変化する。

「はい、うすいかおる、上の子のかおるの俳句です。近所のスーパーが七夕にやっていたコンクールで、ひらがなが書けるようになったから応募してみました。お題は『かまくらの思い出』です。妻は昔から鎌倉の海やしらすがとっても好きで、このホテルも憧れていたんですよねえ」

いい加減、この場を立ち去りたいのだが、毛利はつい質問してしまう。

「君……、臼井くんは一人なのかい？　奥さんはどうしてるんだい」

「じごくにいるよ！」

かおると呼ばれた女の子がいきなり大声で遮《さえぎ》り、周囲の客はしんとしてこちらを見た。臼井は別人のような剣幕で娘をしかりつけた。

「そんな言い方すんじゃない！　かおちゃん、じごくはやめなさい！　ママがかわいそうだろ」

「かわいそうじゃないもん。かおちゃん、ママ嫌い!!　なんでここにいないの⁉　かおちゃん、ママに会いたいよ。ひかるちゃんだってきっとそうだもん！」

「それは……」

臼井は口籠る。かおるはわっと泣き出した。ひかる、と呼ばれた下の男の子もつられてしゃくりあげ始め、黄色い鼻水をだらだらと流している。臼井は二人を太い腕でまとめて抱きしめ、真剣に言い聞かせている。

「とにかく、ママを悪くいうのはやめなさい」

「でも、ママはじごくにいるって、おばあちゃんがそう言ってたもん！　マンションのおばさんたちも、そう言ってたもん。ママのばか！　ママにあいたいよー！　ママ

いて横断幕のようにつうっと伸びた。

「どこー!」

じごく、じごく、と下の男の子も、姉を真似て叫んでいる。鼻水が父の腕にくっついて横断幕のようにつうっと伸びた。

「やめなさい!」

泣きじゃくる子どもたちと困り果てている父親を見ているうちに、約三十年前の記憶が蘇った。そうだ——。あの夏、毛利と季見子は甘美な地獄で業火に焼かれていた。世間からそしられ、家族を傷つけ、このホテルに逃げてきた。罪の意識がよりいっそう二人を燃え上がらせた。そう。この男は業火の向こう側にいたであろう存在だ。

かおるの容姿から逆算すれば、その母親とは、目の前の男にはまるっきり釣り合わない美女にちがいない。臼井の風采と言動からいって、気の毒だが愛人と逃げたのは妥当と言える。毛利は突然、ひらめいた。

「君の話をゆっくり聞きたい。夜七時にここの最上階のバーで。ごちそうするよ」

返事を待たずに、毛利はさっさとプールサイドを後にした。一刻も早く、部屋でこのアイデアをまとめたかった。

シャワーを浴び、おろしたてのシャツとチノパンに着替えると、原稿用紙を前に、毛利は手をこすりあわせた。臼井をモデルに「永遠の楽園」の続編を書くのだ。妻を寝取られた男側の視点から令和にふさわしい恋愛小説を書けば、毛利笙一郎《しょういちろう》の新境地だと評価されるはずだ。舞台は前回同様「渚ホテル」。夏の終わりに男が幼い娘とともに泊まりにくる。そこまで走り書きして、先ほどのかおるのキンキン声と弟の黄色い鼻水が浮かんできて、毛利はすぐにその像を消し去った。かおるの可愛らしさはそのままに、手のかからない年齢まで引き上げるとしよう。十五歳、無口で大人びた美少女、菜穂子《なおこ》、とする。父親の身の回りの世話をできる年齢設定にすれば、みみっちい雑事から主人公を救えるし、毛利がほとんど関わってこなかった子育ての描写も省ける。頭の中でかおるを成長させ、毛利好みの装飾を施していく。

久しぶりに脳が回転し、指先がうずうずしている。このところは講演会の仕事ばかりで、めっきり物語の世界から遠ざかっている。毛利自身もこれまで毛利と酒を飲んだ男たちもみな、人妻を寝取る側の人間ばかりだった。対岸の男と接した経験などない。モノ書きとしての血が騒ぎだす。妻に裏切られ、傷ついた男が再び、人生に復帰するために必要な素材とはなんだろう。

もちろん、酒ととびきりの女――。あれこれ書きつけているうちに、あっという間に日が沈んで、海は暗い藍色に落ちていた。カーテンを引くと、毛利は部屋を後にした。バーには約束の時間よりずっと早くついた。

子連れの宿泊客がほとんどのせいか、薄暗いカウンターには背中のあいたドレス姿の美女が一人いるばかりだった。なじみの初老のバーテンダーの向かいでウイスキーを舐《な》めながら、毛利は彼女の横顔をじっと見つめた。さきほどのプールの美女とは違う意味で、季見子に似ている気がした。マティーニをご馳走すると、彼女は意味ありげな笑みを浮かべて、グラスに手をつけず席を立ち、それっきり戻ってこなかった。

背後の細長い窓から見渡せる夜の海に、彼女が消えてしまったような余韻にぼんやりしていると、臼井が遅刻を詫びながらドカドカと現れた。なんと彼はシワの寄った短い首にかおるをぶらさげ、小さくいびきをかいているひかるを乗せたベビーカーを押している。てっきり子どもたちをどこかに預けてくるとばかり思っていたので、毛利は心底あきれた。臼井は特にすまなそうでもなくスツールにどしんと腰を下ろすと、珍しそうにきょろきょろと辺りを見回している。かおるは砂糖菓子のような水色のドレス風ネグリジェに着替えていて、上機嫌だった。

「君、将来、すごい美人になるね、男を泣かせるなよ」

毛利は片目をつぶってみせたが、かおるはむっとしたように顔をしかめた。

「かおるちゃん、泣き虫じゃないよ。大きくなったらエルサになるの！」

そういうと、さもうっとりしたように透き通る素材の寝巻きを見下ろし、その場で一回転し、スカートを浮き上がらせると、くすくす笑いながらスツールによじ上った。目を細めたくなるような女らしさに「菜穂子」の仕草や香りが思い浮かぶようで、毛利は調子を合わせた。

「ええと、アナ雪なんとかだな。それくらいはわかるよ。お姫様だね」

「お姫さまじゃない、雪の女王だよ‼」

かおるはまだまだ喋りたりなそうにバーカウンターに顎を乗せたが、臼井がスマホを与えると、ぴたりと黙って動画に見入っている。

「よくないねえ。こういう教育。君が絵本でも読んでやればいいのに」

毛利がなじると、臼井は、楽だもんでつい、と頭をかいた。

「誘ったんだから、僕のおごりだ。なんでも飲みなさい」

「ええっ、いいんですか。ありがとうございます。では、一杯だけいいですか？　実は僕、お酒があんまり強くなくて。甘めのカクテルをお願いします」

毛利はがっかりしたが、気をとり直して、バーテンダーに声をかけた。

「『永遠の楽園』、今も作れるかい？」

彼は軽く目で頷き、鏡のように光るシェイカーを上下に振り始めた。

よくよく考えれば、ふたまわり以上若い男と飲むなんて初めてではないか。かつては毎晩のように編集者に囲まれて銀座に繰り出したのが嘘のように、最近は早寝早起きが習慣化している。臼井にいろいろと大人の美学を教えてやりたい。毛利は本来、世話好きなのだった。やりすぎてしまい、いつの間にか男たちが遠ざかってしまう。だから、毛利にとって、友達の役目は常に愛人が兼ねていた。

差し出されたグラスに臼井は見とれている。白いシャーベットが浮かぶ真っ青なカクテルは夏の海を思わせるが、それはじわじわと紫に変化していく。

「へえ、面白い。色がどんどん変わるんですね」

「ブルーマローというハーブをつかっています」

と、バーテンダーが告げた。表面のレモンシャーベットが溶け出せば、今度は柔らかなピンク色に染まる。一口飲んで、臼井は心底旨そうにため息をついた。毛利は得意でならなくなる。

「海に朝日が差し込む一瞬をカクテルとして再現したものだ。『永遠の楽園』のクライマックスに出てくる、このホテルから見える朝焼けの海だよ」

「そういや、『永遠の楽園』って名前、どっかできいたことがあるなあ」

臼井はしばらくカクテルを見つめバー全体を眺めた後で、ああ、と声を上げた。

「そうだ、僕が小学生の頃、テレビでやってました。すごくエッチなドラマですよね。親に隠れて再放送みるのがはやってました。すごいよな、九〇年代って。乳首が地上波で流れてたんだもんなあ！　あ、乳首だなんてすいません！」

臼井は赤くなって頭を下げ、相変わらずスマホに夢中のかおるを気にしている。毛利はむっとしたが、バーテンダーは臼井にやけに親切で、にこやかに口を挟んだ。

「当ホテルは小説に出てくるばかりではなく、映像化に際してロケにもつかわれたんです。今回は原作者の毛利様のために、映画で使用したものと同じグラスを使用させていただきました」

臼井はびっくりしたようにグラスとこちらを見比べた。毛利はわざと迷惑そうに、目の前を払う仕草をした。

「えー‼　なんか、エッチだなんて言ってすみません。へえ、毛利さんは、作家さんなんですね。今度サインください！」

「僕のことはいい。君の話をききたいんだよ」

「僕の話？」

案の定、臼井はぽかんとしている。毛利はウイスキーを置くと葉巻を取り出して火を点けた。

「そう、君自身の人生の話。とても興味がある」

「うーん。面白くも、なんともないかもしれない」

臼井がうつむいた。香ばしい煙が流れ、バーテンダーがグラスを磨くかすかな音だけが心地よく響いた。葉巻を勧めると、彼は上の空で断り、ようやく口を開いた。

「保育園に四十個、落ちたんですよね、僕ら」

からん、とウイスキーの氷が崩れた。そういう話を聞きたいのではない、という言葉を飲み込み、なんとか余裕の笑みを浮かべて、続きをうながす。

「毎朝、上の子と下の子をそれぞれの園に送るところから、一日がはじまります。僕はファミレスの店長しています」

臼井は恐ろしく退屈な話を語り出した。それはかなり長い事続き、眠くて眠くて仕方がなくなってきた。アルバイトは近所の理系の大学生が多く、期末試験前はシフトががらあきで、フロアは自分がワンオペレーションで回している、という悩みを毛利はほとんど聞き流した。このままではまぶたがくっつきそうなので、流れを変えることにした。

「ええと、それでだね、奥さんとはどこでどんな風に知り合ったの？」

「妻とは客として九年前に知り合いました。深夜、必ず一人でくる女性でした。百貨店の催事売り場の主任でした」

「君たちはどうやってはじまったんだい？」

臼井は話を聞いてもらえるのが嬉しくなってきたようで、言葉や表情に活気が滲んでいる。

「彼女、いつも一人でワインを飲んでました。おかわりするんで、ある時、デキャンタで飲んだ方がお得ですよって声をかけたのが始まりです」

臼井はふいに背後の海に目を向けた。灯台からのサーチライトがまっすぐに伸び、この店まで届きそうだ。

「上の子がなかなかできなかったから、こんなにすぐ下の子が生まれるなんて思わなくて。妻が産後、大変なこと、僕はぜんぜんわかってなかった……」

眠っているひかると動画に夢中のかおるを交互に見て、彼は深いため息をついた。

毛利は静かに問いかけた。

「君、あの物語の結末をどう思う」

「すみません、結末までは覚えていなくて。不倫の話でしたっけ？」

臼井が申し訳なさそうに頭を下げるので、毛利は説明することにした。

「ああそうだ。道ならぬ恋の末、ヒロインの人妻・十和子は、このホテルで愛人と最高の夜を過ごしたあと、バルコニーから、海に身を投げるんだよ。彼女の遺体が見つからないまま、物語は幕を閉じる」

コキュにこんな話をするのは酷かと思ったが、臼井は鈍感なたちのようで眉を八の字にして頷いている。

「不倫が夫さんにバレて、慰謝料を請求されたとかですか？　それか夫が別れてくれなくて、自暴自棄になったんですか？」

「それもあるが、ちがう」

毛利は懇切丁寧に教えてやる。

「つまりね、彼女は、幸福の絶頂で、自らの手で人生を終わらせたんだよ。主体的な生を選んだ究極の選択ともいえる」

「え、だって、まだ離婚してないんでしょ？　籍も入れていないのに、なんで幸福の絶頂なんですか」

臼井は本当にわけがわからない、という顔をしている。妻に逃げられるのも納得だ、と毛利はなんだか、可哀想になってきた。

「だから、好きな男と愛し合い、身体も心も絶頂を迎えた、その一瞬こそが彼女の女としての頂点だった。人生でもっとも美しい瞬間だった。だから、自ら命を絶ったんだよ」

「もったいないですか？　これからもっと幸せになるところだったんじゃないんですか、その人、鬱っぽかったんですか？」

動画が終わってしまったのか、かおるが抗議の鋭い悲鳴をあげ、話は遮られた。

「あのねえ、いいかい？　離婚して愛人と一緒になったとして、いざ二人の生活が始まったら、どうなると思う？　彼女は人の妻だから、それをよく知っていたのさ。日々の些事《さじ》の中で、消えていくだろう？　純粋な形の愛というものは……」

「日々の些事ですか……」

スマホを操作して、かおるに渡してやりながら臼井が首をかしげるので、それだ、君が今やってるそれがそれだよ、と毛利はイライラしてきた。

「だったら、男の方が家事を折半より多めにやって彼女に時間をつくります、って誓約書を書けば解決ですよね」

バーテンダーがグラスをとり落としそうになった。失礼しました、と今まで一度も彼から聞いたことがない慌てた声が出た。毛利はあっけにとられた。僕なんか変なこと言いました？　と臼井は不思議そうな顔で、肉付きのいい頰をペタペタと触っている。

「なにも死ぬほどのことはないかなって……。パートナーが死にたくなるくらいこれから先の生活が不安だというなら、よく話し合って、家事を多めに引き受けるくらいなんでもないじゃないですか？　だって、愛し合ってるんですよね？」

「いや、家事のことを言っているんじゃなくて……。君だって、恋人時代の方が、奥さんと男と女として向き合えていただろう？　ゆとりや潤いは今よりあっただろう。そこは事実だろう？」

「うーん、そうだよなあ。あの頃は夜シフトの後も、いっぱい寝れたよなあ」

今にもよだれを垂らしそうな顔で、臼井がつぶやいた。

「でも、あの頃はコスパに無頓着だったかも。お互いに自炊するようになって貯金は増えました。マメに懸賞情報を見るようになったらこんな風に憧れのホテルにも泊まれるようになったし、マンションのローンの見通しも立ちそうだし……」

「カネの話じゃない、俺は魂の話をしているんだよ!」

毛利はつい怒鳴って、げんこつでカウンターを叩いた。どいつもこいつも、金や手間をかけずに最大のものを得ようとして、さもしく歩きまわっている。知性に敬意が払われない。無料動画に夢中のかおるさえ、憎らしく思えてきた。

「すいません、貧乏というか実際、貧乏だもんで、つい……」

臼井はぺこぺこと謝った。こんな貧しい精神の人間ばかりでは、本が売れない時代になるわけだ、と毛利は鼻を鳴らし、スコッチに切り替えた。

「僕もまりちゃんも、お互いいい年で、早く子どもが欲しかったんで、もともとそんな魂っていうか、甘い時間みたいなのは、なかったかもしれない。その点、毛利さんはたくさんモテたから豊かな人生だったんだろうな」

そう言われると、毛利はたちまち気分がよくなってくる。

「まあ、いろいろあったがね。このホテルには大勢の女を連れてきたよ」

臼井が眩《まぶ》しげな顔でひたすら話を聞いてくれるので、毛利はつい、ぺらぺらとしゃべってしまう。

「季見子は他の女とは最初から違っていた。唯一本気になった女なんだ。季見子は『永遠の楽園』の十和子のモデルだよ。十和子と同じように僕の前から姿を消した。浮世離れちょうどこの最上階のバルコニーから灯台を眺めるのがとても好きだった。

してうっかりしたところがあってね。身を乗りだしたら危ないよ、なんてよく声をかけたものだけど……」

　突然、ひかるが「ジュースくだしゃーい」と叫んだ。臼井の飲み残しのカクテルを指差している。毛利の声が大きくなってきたせいで、目が覚めてしまったらしい。

「ひかるちゃん、これはジュースじゃないんだよ」

「ジュース、ジュース」

「すみません、ジュースいいですか？」

　臼井が頼むと、バーテンダーがグレープフルーツを搾り始めたので、毛利は仰天した。昔の彼だったら冷ややかな態度ではねつけたはずだ。

「おかわりくだしゃーい」

　ストローを刺したジュースを一瞬で飲み干し、ひかるは潤った声を響かせた。かおるまで動画から目を上げ、ジュースジュースと騒ぎ始めた。

「かおちゃん、静かに！　すみません、ひかるが起きちゃったし、かおるはもう寝かせないといけないし、毛利さん、続きは、下の僕たちの部屋でいいですか？」

　臼井がすまなそうに切り出し、話し足りないので毛利はしぶしぶと腰をあげた。店を出ると、目をこすり始めたかおるを片手に抱いて、ベビーカーで絨毯に二本の跡をつけていく臼井に続いた。入れ違いにエレベーターから出てきた女を見て、毛利は思わず足を止めた。

「季見子……」

この美女も彼女にそっくりなのだ。先に子どもたちとエレベーターに乗り込んでいった臼井は「開」のボタンを押しながら、二人を眺めている。

「失礼。あんまり素敵な方なんで、つい声をかけてしまった。ここにはよく泊まるんですか?」

毛利が話しかけると、彼女は小首を傾げ、こちらをからかうような微笑を浮かべると、そのまま廊下の曲がり角に消えてしまった。扉が閉まると毛利はつぶやいた。

「季見子に似てる……」

もしかして、あの美女たちは自分にしか見えていない幻想なのかな、とも思ったが、臼井はこんなことを言った。

「あのう、さっきから若い方にばかり声をかけているけど、季見子さんて、三十年前に三十代なら、今もし生きていたとしても六十代ですよね」

「失礼な。僕の中で彼女は永遠に三十五歳なんだよ」

毛利はむっとして言い返した。ばあさんになった季見子なんて想像したくもない。

「そうだ。売店に寄って、飲み物を買っていきましょう。部屋の冷蔵庫にあるやつは高くつくし」

一階でドアが開くなり、臼井がみじめったらしいことを言い出すので、毛利は仕方なく売店に付き添った。客の姿がほとんどない店で缶チューハイとしらすせんべいを買いながら、

「なんか独身のときみたいだなー。友達とコンビニでいろいろ買い込んで宅飲みするの」

と、臼井ははしゃいでいる。友達、と呼ばれ、毛利は何故かどきりとした。彼の手が子どもでふさがっているので、自然とレジ袋は毛利が持つかっこうになった。二人がロビーを横切ると、支配人が怯えた顔で飛び出してきた。

「あの、毛利様、申し訳ありません。他のお客様から苦情がでております」

背後の臼井を気にしているのか支配人は肩をすぼめ、申し訳なさそうに声を潜めている。

「ああ、あの臼井くんの子どもがうるさいんだろう？　大丈夫、僕からよく言ってきかせるよ」

「いえ、その、毛利様への苦情です。あの……」

「なんだい。早く言わないか」

毛利は怪訝な顔になって促した。支配人は意を決したように、早口で言った。

「その、毛利様に突然話しかけられて困惑していると、今日だけでもう何名もの女性

のお客様から苦情が入っています。失礼なことを申し上げることを、お許し下さい。なにぶん、昨今の事情というものもありまして。セクシャルハラスメントが許されなくなった時世を、ご配慮いただきたく……。あ、いえ、もちろん、毛利様がセクハラをされているということではなく……」

耳と首が熱くなっていく。よこしまな気持ちなど断じてないのに、なんて失礼な誤解だろう。そもそも、ホテルというのは大人同士の一期一会の出会いの場ではないか。小さなことに目くじらをたてるから、恋や愛が生まれにくくなるわけだ。それにしても、ほんの数年前まで、毛利が話しかけると、女たちはすぐに笑顔で応じてくれたのに、こんな風に嫌悪されるのはなぜだろう。もう何年も執筆していないからか。若くはなくなったからか。それとも、誰ともしゃべらない日が続いているせいで、なんとなく言動がぎこちないせいか。

「あの、ちょっと、いいですか」

急に臼井が割って入り、毛利ではなく支配人に向かっていく。

「あなた、伝え方ってものも、あるんじゃないですか？」

彼に似合わない硬い口調には怒りがにじんでいて、毛利まで射すくめられるようだった。

「すみません。僕、ファミレスの店長しているから、お客様同士のトラブルの仲裁の大変さはわかっているつもりです。こんな高級ホテルとは比べようもないけど……。女性のお客様の不快感はもっともですよ。でも、毛利さん側のご事情……。このホテルに大切な人と訪れていたこと、あなた、古い付き合いのある方ならご存知でしょう？　あなただけは、もう少し言い方を考えてもいいんじゃないですか。大切な人が今ここにいない一人ぼっちの気持ちって、誰を見てもその人に見えてしまう気持ちって、僕わかるから……」

支配人は何か言いかけたが、すぐに恐縮した顔で頭を下げた。

一階の角に位置する彼の部屋にどうやって辿《たど》り着いたか、毛利はよく覚えていない。臼井に勧められた缶チューハイはそれこそジュースのような味わいですいすい飲んでいたら、だんだん目が回り始めた。二人はバルコニーに出て柵にもたれ、並んで江ノ島を眺めた。ガラス戸を隔てた背後のベッドには、ひかるとかおるが並んですやすやと寝息を立てている。

「この部屋からも灯台が見えるんだね」

毛利はぽつりと言った。低層階からも同じ景色が見えるなんて知らなかった。

「あ、どの部屋からでも、灯台は見えるみたいですよ。ホテルのサイトに書いてありました」

憎まれ口をたたく気力もなく、毛利は柵にぐったりと額を預けた。

「贅沢とか絶頂とか、僕は経験したことないけれど。でも、今日わかりました。ホテルって、素晴らしい空間ですね」

臼井は灯台を見つめながら慈しむようにつぶやき、缶チューハイを一口飲んだ。

「今日は子どもが生まれてから、一番楽した日です。いろんな人が親切に助けてくれて、どこもかしこも綺麗で片付いていて、育児していても一人じゃないって思える。こういう非日常が買いたくて、みんな余分なお金を出すんですね。さっきのバーも雰囲気があって格好良かったよなあ。誘ってくれてありがとうございました」

これで楽って、普段はどんな生活をしているんだ、と思ったら、毛利は本気で恐ろしくなってきた。目の前の男がだんだん勇者に見えてきたのは、酔いのせいだろうか。自分には無理だ。生活に真っ向から立ち向かう勇気など、今も昔も毛利にはない。

「こちらこそ、ありがとう。さっきは嬉しかった」

短く言うと、臼井はびっくりしたようにこちらを見て、目だけで微笑んでみせた。そうすると、本当はかおるにもよく似た、魅力のある顔立ちだということがわかる。

「チッチー」

と、背後で声がした。ガラス戸に手をかけたかおるが目をこすりながら、股間を指差している。すると、ひかるまでがワッと声を上げ、手足をばたつかせ始めた。臼井がかおるの横をすり抜けて室内にすっとんでいって、ひかるのお尻をさぐっている。

「わー、ウンチがゆるめで背中の方まであふれだしている！　毛利さん、ごめんなさい。かおちゃんの方、寝ぼけているんで、バスルームまで連れて行ってもらえますか。便器に乗せれば、あとは自分でできますから！」

そう言ったきり、ひかるにかかりきりになっているので、毛利は嫌々ながらも、バスルームまでヨロヨロ歩きのかおるを連れていった。便器に座らせると、こちらが慌てて出ていく間もなく、立ち上がって自分でパンツを下ろし、かおるはつぶやいた。

「チッチー」

毛利の顔面めがけて、黄色い水がまっすぐに飛んできた。トイレットペーパーを丸めて必死で顔を拭いながら、青くなってバスルームから転がり出た。

「あ、あの、かおるちゃんは……。その、男の子なのか？」

「え、言ってませんでしたっけ。あ、そうか、一日中プリンセスのかっこうしているせいですね。今は幼児用コンテンツの人気にあんまり男女の差がないんですよね。下の子も女の子だけど鉄道が大好きだし」

臼井は軽やかにおむつをくるくると丸めながら、そう言った。ひかるはすっきりしたのか、ほうっと息をつき、気持ち良さそうに目を閉じた。

「ひかるは女の子……」

なんにも見えていなかったのかもしれない。毛利はうなだれた。今日に限らず、季見子とこのホテルを訪れたあの日々から、ずっとそうだったのかもしれない。かおるはトイレから戻ってくると、すぐにひかるの隣で横になり睫毛を伏せた。兄妹に布団をかけてやりながら、臼井はこう言った。

「毛利さんの言ったことずっと考えていた。まりちゃんと、男と女として向き合ってきたかって言われたら、それは……。友達というか、戦友の方が近いかもしれません。もう何年も子ども以外のことについてしゃべっていなかったな」

「そうか」

「毛利さんも今、季見子さんと会ってしゃべりたいんですよね」

「うん。会いたい。とっても、寂しいよ」

素直にそう言ったら、毛利は耐え難くなってきた。ベッドに置かれた自分の手が筋ばって斑点が浮かんでいることも、あの灯台がどこからでも見えることも、ファミリータイプのこの部屋のアメニティーがスイートのそれと同じだったことも。

かおるとひかるを起こさないようにして、毛利は臼井に暇《いとま》を告げると、そっと部屋を出た。毛利はいまだに米も研《と》げないし、洗濯はクリーニングに任せている。娘の通っていた学校がどこにあるのかも知らない。この三十年間、妻には離婚を求められているし、娘からも別れてやれ、と懇願され続けてきたが、無視を決め込んできた。ずっと別居しているし、今更籍を抜く必要などない。それに妻には一人で生きて行く力などないのだから、と主張してきたが、本当はこれ以上誰からも置き去りにされたくないからだ。

　永遠の瞬間を見るまで起きていたかったが結局、眠ってしまった。

　翌日は、柄にもなく頭痛で目が覚めた。あの菓子のような酒は意外とアルコール濃度が高いらしい。ルームキーを預けて砂浜に散歩に出ようとしたら、ロビーで臼井一家に出くわした。

「おはようございます。よく眠れました？　昨日は遅くまでつき合わせて申し訳ありません。朝食バイキングですか？　ちょうどよかった。一緒に行きましょうよ！」

　臼井は酔いの残らない晴れやかな顔をしている。やはり若いのだ。騒々しい朝食になりそうだから断ろうとしたら、すぐにかおるとひかるが、こちらの膝にまとわりついてきた。

「おじいちゃん、おはよー」

　かおるはそう言うと、にこにこしてこちらの手に指を絡ませた。ぱんと肉の張ったひんやりとした小さな手だった。散歩ついでにどこかのコーヒーで済ますつもりだったが、久しぶりにしっかり食事してみるかと気が変わった。臼井はやたらと張り切っているようで、両手を打ち合わせた。

「バイキングはもとをとれるからいいですよね！　みんな、しらすたくさん食べるんだよ。ここでしか食べれないから！　昼と夜を兼ねる気持ちでたくさん食べて！」

「えー、かおちゃんはアンパンマンポテトがいい」

「アンパンマンポテトはいつでも食べれるよ、しらす、しらす」

毛利は思わず笑ってしまう。「永遠の楽園」の続編、やっぱり主人公はこの男だ。明け方寝落ちする寸前に、ひらめいたのだ。妻を寝取られた男がホテルで出会うのは、美女ではない。毛利のような、世間から忘れられかけた初老の男だ。男を救うのはなにも女じゃなくてもいい。男が男を救ったって、いいじゃないか。令和の「永遠の楽園」はワインと恋愛の話ではない。世代を超えたしらすと友情の物語だ。

「あの、臼井くん」

「はい」

「僕が生活を恐れなければ、今もその……、季見子と一緒にいれたと思うかい？」

毛利の問いに、臼井が笑顔で何か言いかけたその時だった。

「あ、ママだー!!」

かおるがエントランスの方向にすっとんでいった。ちょうどホテル専用のシャトルバスから宿泊客が吐き出されたところだった。

「なんで君の妻がここにいるんだ？　どういうことだ？」

わけがわからなくなって、毛利は叫んだ。

「え、百貨店の夏の大決算セールが終わったから、今日から合流するんですよ。このプランは二泊三日なんで」

臼井はきょとんとしている。

「てっきり、彼女は君と離れて住んでいるか、離婚したとばかり……」

「え、そんなこといいましたっけ⁉　あー、また、かおちゃんが変なこといったんだろ‼」

臼井は慌てた顔でかおるを呼ぶが、彼はすでに、たった今ホテルに流れ込んできた客目掛けて走っていくところだった。臼井はひかるをベビーカーに乗せ、少し遅れて、それに続いた。

毛利は茫然とその光景を眺めている。

本当は季見子だって消えたわけではない。彼女との思い出を自分の中でどう処理するかになやんで、物語の中で殺してしまったら、事実の方もだんだんぼやけていっただけだ。

これまで数え切れないほどメディアで話している通り、「永遠の楽園」は毛利の経験に基づいた物語だ。しかし、仲が深まるにつれ、セクシーで物静かな妖精のようだった季見子がどんどん大きな声で自己主張するようになったことは省いている。夫と話し合って離婚を進めている、別れたら一緒に暮らそう、友達にマンションを貸してもらえそうだ、私も働く、子どもも産みたい、本当は私、子ども大好きなの、だったら一刻も早い方がいい、ねえ早く、そっちも離婚して、早く早く。彼女は別人のように目をぎらぎらさせ、毛利の手を強く摑み、先に歩き出そうとした。その上、毛利の妻に会いに行き、真正面から話し合い、利害を一致させた。妻までがあっさりと離婚届をもってきて、さあ、彼女のためにも早くサインしろ、私も独身になって人生をやりなおすんだ、と迫ってきた。自分を取り合う妻と愛人の構図が崩れたら、なんだか一気に冷めてしまった。すると、季見子は激しい言葉で毛利をなじるようになり、どんどん語彙が増えていった。最後の朝は別人のような形相で「あんたと過ごした時間は全部無駄だった。期待した自分が莫迦だった」と叫んで、部屋中を引っかき回し、バルコニーから延びる螺旋階段をすごい速さで駆け下りていき、急に消えた。びっくりして見下ろしたら、季見子の身体は波間に浮かんでいた。こちらを振り向くことなく、そのまますいすい泳いで、砂浜にたどり着いた。びしょぬれの服を身体に貼り付けた季見子が、しっかりと砂浜を踏みしめて、周囲の視線を撥《は》ね飛ばしながら歩道にたどり着き、タクシーをつかまえるその一部始終が、あのスイートルームのバルコニーから見えた。それが彼女との最後だ。その後、季見子は離婚し、友人のつてで画廊で働き出したらしい。ひとづてに聞いたところによれば、出入りの額縁屋と結婚し、子どもを授かり、今でも夫婦で店を営んでいるという。

かおるの走って行った先には、大柄で怒り肩の女が例のパネルの前で俳句を眺めていた。両手には有名なデパートの紙袋をぶら下げている。想像していたどの女とも違っていた。安物のカーディガンと膝の破れたジーパンにサンバイザーとサングラスを身に付けている。よほど日焼けしたくないのか、露出している部分がまったくない。ひとつにまとめた髪は離れている場所からでもわかるくらい、バサバサと乾燥していた。

「おつかれー、まりちゃん。どうだった、夏の大決算セール！」

臼井がキラキラした目で問いかけながら、ベビーカーごと突進していく。女はサングラスを外した。肌は土気色で、目の周りがどす黒かった。エントランスからの逆光と、運命を乗り越えようとしている男女がまぶしくて、毛利はとっさにまぶたの上に手をかざした。

「じごく‼」

女は充血した目を見開くと、ロビー全体に響き渡るような声で叫び、よろめきながら息子を抱き上げた。

勇者タケルと魔法の国のプリンセス

走行中の車内を、進行方向とは逆に、最後尾を目指して進んでいく。主要駅のみに停まるこの通勤快速はいつも満員で、周囲に身体をぶつけながら、車両から車両へと無理やり移動していく剛《タケル》は、それだけで舌打ちされたり、睨《にら》まれることが多い。先月から勤め始めた、埋め立て地のコンタクトセンターでは目立たぬように振舞っているから、集団に逆らった行動をとるのは、向かい風を切り開いていくような気分だった。

高速沿いの急カーブで車体が傾き、剛は大きくよろけた。つり革につかまって片手でスマホを操作している男子中学生の横顔を頬がかすめ、手元を覗き込む格好になった。レトロゲームとよばれる昭和の人気作のリメイク版。正確に再現してある荒いドット絵に思わず、あ、と声をあげてしまった。

こんな風に混んだ車内を逆走するのは、ファミコンの横スクロール進行にそっくりなのだ。引き返すことは出来ず、まっすぐにしか進めない。立っている場所も背景もどんどん後ろに流れていくこの感覚を、指先が記憶している。そうだ。テレビ画面の左から右へ、横を向いてひたすら進んで行く二頭身のキャラクターは自分と同じ名前をしていた。人生で誰よりも長く一緒の時間を過ごした相手なのに、ついに顔の半分しか見せてもらえなかった。

「勇者タケルの伝説」は一九八〇年代に社会現象を巻き起こしたテレビゲームだ。「タケル」という名前だけで無作為に選ばれ、異世界に召喚された冴えない少年が、城に幽閉されたプリンセスを救うために、八つの王国を旅して魔物と戦いながらパワーアップを重ねる。最終的にはドラゴン大王を倒してプリンセスを奪い返し、キスとメダルを授けられるというシンプルな筋書きに、男児はみんな夢中になった。小柄で勉強も運動も苦手だった剛は、ヒーローと同じ名前のせいで何かとからかわれ、いじめを受けたこともある。それでも、騎士道精神とプレイの楽しさを教えてくれ、その後の人生観を決定付けたと言ってもいい大切な作品だ。ファイナルワールドをクリアした時は達成感よりも悲しさが勝っていた。これ以上先に進めなくなった画面に顔を近づけると、つぶれた鼻先で、親友もドラゴン城もプリンセスも無数の小さな四角に分裂して、消えていった。

電車が地下に潜った。車窓は暗闇に沈み、なめらかな鏡になってこちらの姿を映していた。勤め先の服装は自由なので、部屋着にブルゾンを引っ掛けて、野球キャップで寝癖を隠している。猫背と肌の衰えが目立ち、びっくりするほど老けて見えた。今年で四十五歳。暗闇の先に自分の横顔を見つめるプレイヤーがいる気がした。最後尾の車両に続く、連結部分前にたどり着いた。そういえば、この電車は、八つの王国がひたすら右側に連なっている魔法世界の作りとよく似ている。さしずめファイナルワールドのゲートに立ったところか。優先席に座っていた若い男が、こちらを咎めるように見上げたが、ポケットからスマホをわざとゆっくり取り出して時間を確認し、ここから先が七時半から九時半までは女性専用車両だということは、重々承知であるとアピールした。

横開きのドアの引き手を握り、深呼吸する。アコーディオン状の連結部分から、地底にこもっていた湿った風が股間に勢いよく吹き付けてきた。扉が開くなり、汗と埃のむれた匂いがふっと退き、辺りは明るさと柔らかな空気に満ちた。たった今、電車が地上に出たせいばかりではない。背後の車両とは比較にならないくらいに空いているせいで、ちゃんと床が見え、誰にぶつからずとも前に進める。シャンプーや香水の甘いにおいに、喉の奥がこそばゆい。快適そのものの空間に、ここが通勤電車であることを忘れてしまいそうだ。女の集まる場所というのは、どうしてこう常に清潔に保たれ、余裕を漂わせているのだろうか。車窓からは、初夏の陽をキラキラと跳ね返している東京湾が見えた。

「あの、ここ、女性専用車両ですよ」

ドアの側に立っていた若い女が、こちらに話しかけてきた。赤い口紅に大ぶりのアクセサリー。謙虚な風を装っているが、見ず知らずの男にしゃべりかけてくる時点で、弱者側ではない。身綺麗にしていられるのも特権の表れだ。

「僕は降りません」

女は眉をひそめた。女性専用車両利用者に対峙するのはこれが初めてだが、声を絞り出した。

「鉄道会社はここに男性が乗ることを別に禁じてないですよね。あくまでも任意ですよね」

剛はスマホをビデオモードに切り替え、カメラをいきなり彼女に向けた。女はたちまち顔色を変え、こちらに背を向けた。指先まで熱が行き渡り、視界が広くなる。自分の身体が一回り大きくなった気がした。女たちが自然と散っていくので、剛は車両の真ん中をズカズカ歩いて、乗務員室に向かって突き進んでいく。女性専用車両に男性が乗ることは法律に違反しているわけではない、と主張したいだけの連中と一緒にされては困るので、こう叫んだ。

「僕は女性の味方です！　この車両は日本の男女平等を阻んでます！　そのことを知ってもらうために、車内の様子を撮影します！　これは盗撮ではありません！」

車両は静まり返った。女たちがみんなこちらを見ている。若い女、年取った女、その中間の女。降りてください、と遠くから甲高い声がした。声のする方に剛は素早くスマホを向けた。それをきっかけに、女たちが口々に叫び出した。

「降ーりろ、降ーりろ」

最初は遠慮がちだった女たちの声が、伝染するうちに、どんどん大きくなっていく。剛は悠然と胸を張る。あと五駅は停車しないことは計算済みで、分単位でタイミングを見て乗り込んだのだ。ホームから乗車したら、たちまち車掌に注意を受け、こちらが自主的に降りるまで運行中止になりかねない。剛はスマホを盾のように構えてその場で回転し、全方位をビデオ撮影する。カメラレンズから放たれる見えない光線は、タケルの剣だ。スマホを向けられた女は、顔を隠すか、青ざめて口を閉ざす。すぐに応援部隊も駆けつける。昨夜、ツイッターで募った同志が次の停車駅で乗り込んでくるはずだ。

剛はいつだって女性の味方だ。勇者タケルと同じく、女性を守ることを人生の第一目標として生きている。痴漢は何よりも憎むべき犯罪だし、女性を傷つけるような輩《やから》とは命をかけて戦うつもりだ。しかし、女性専用車両を利用する女性のほとんどが、痴漢被害者には見えないし、今後も被害を受けることはない連中ばかりなのだ。単にくつろぎたいから、特権にあぐらをかいて、利用しているようにしか思えない。本来、剛が守ってあげるべき女性たちが、遠慮して使えないような車両は無意味だ。何よりも男というだけで痴漢と同一視される風潮は許せない。

三ヶ月前、間違えて女性専用車両に乗り込んだ時に、剛はやっとこの社会の歪《ひず》みを知った。何も悪いことをしていないのに、剛はまさに今そうであるように冷ややかな視線を浴びた。慌てて次の駅で飛び降りたら、汗で肌着が張り付いていた。動悸《どうき》が治まらず、お腹が痛くなり駅のトイレに駆け込んだ。その日は遅刻し、体調がすぐれず、早退した。自分が性犯罪者になったような気がした。教師や上司からの叱責、いくつかの失恋を思い出した。その日のショックをSNSに綴ってみたら、思いがけないほどの賛同者が集まってきた。心ある男達だった。みんな社会から冷遇されているのに、痴漢を憎み、痴漢と同一視されることに憤っていた。彼らの励ましに勇気づけられ、その日から剛は通勤時間を少し早めて、女性専用車両に乗り込む女たちの様子をレポートするようになった。もちろん、身元がわからないように配慮し、わざわざ加工した画像を載せ「この女性に専用車両は必要か、否か」というアンケートをとる。ほとんどの女性が否とジャッジされた。か弱そうな女性もいるにはいたが、そういうタイプほど出で立ちが地味で、性欲をかきたてる存在には思えない。

今、剛の発言はネット上で影響力を持ち、ちょっとした有名人になっている。まともに口をきくのは同居中の両親だけという暮らしが一変した。味方は多いが、罵倒されることも時々ある。あなたみたいな人がいるからこそ、女性専用車両は必要なのではないか、というものだ。数日前からこうした批判は続いていて、剛はついに女たちと向き合い、真っ向から意見を伝えることに決めたのだ。

「ちょっとあなた」

振り向くと、小柄な老女がこちらを睨みつけていた。剛は唇を結び、きっと眥《まなじり》を吊り上げる。老女が大きな声でこう言った。

「あなた、すぐに出て行きなさい。みんなが怖がっているでしょう」

「誰も怖がっているようには見えません。あなたも痴漢に遭うとはとても思えません。あなたこそ、ここから出ていくべきです」

剛は彼女にもよくわかるよう明瞭に伝えた。真っ赤になってわめきちらすかと思ったが、老女は平然としている。グレーのショートヘアはぴっちりと撫で付けられ、焦げ茶色のツイードのジャケットに揃いのパンツ、小花柄のシャツ、よく磨かれた革靴。走行音と海風が窓にぶつかる音だけがやけにくっきり聞こえてきた。老女はこちらの優位に立ちたいのか、子ども相手にかんで含めるような物言いをした。

「ここは女性が安心して過ごせる場所なの。あなたのせいで、みんなが迷惑しているの」

正義漢然とした態度に、なんだかかわいそうにさえなってくる。やれやれ、と剛はわざと大きなため息をついた。この孤独な老女は、今なお痴漢に遭うようなふりをすることで、誰からも相手にされない現実から目を逸らそうとしているのだ。

女性の方がはるかに社会的な力が強く、優遇されているのは事実だ。派遣会社の登録時の面接で、親族の集まりで、剛はずっと女たちの冷たい視線や意地悪な物言いにさらされてきた。その証拠に老女は老女とは思えない力強さで、こちらに食ってかかってきた。

「ここをいますぐ出て行きなさい！」

その時、ドアが開いて、男たちがスマホやデジカメを手に車両に入ってきた。たった三人なのに、汗と埃の匂いがどっと流れてくる。満員電車の匂いというより、男特有のものだったのだろうか。直接会ったことはないが、毎晩のようにやり取りしている彼らだと一目でわかった。仲間たちの登場に女たちが無言のまま次々に席を立ち、乗務員室のある車両後方に早足で移動していく。四分の一は女がすし詰めで、残りの広々した空間を男四人が占拠する格好になった。

「僕らは女性を救うために、戦っているんです！」

剛がそう言って一歩踏み出すと、足元にゆっくりと絵の具のような緑色が広がっていく。あれ、とつぶやき、何か液体がこぼれたのかと思ったが、それは瞬く間に車両全体を覆い尽くした。

辺りからは人の姿が消えていた。

幅二十メートルくらいの巨大倉庫のような直方体の空間に、タケルは一人で立ちすくんでいた。右の壁も左の壁も、濃い空色で雲が浮かんでいる。振り向くと、真後ろにはブロック壁がはるか上まで続いている。その何十メートルも先にある細長い天井は、星一つない夜空のようだった。正面に向き直ると、レンガを敷き詰めた一本道がどこまでも続いていて、周辺は緑色の苔で覆われている。道の彼方は白く霞んでいた。目を凝らせば、あちこちに毒々しい色合いの水玉キノコや巨大なかたつむりがノロノロと移動している。タケルの肩までくらいの高さの小さなかやぶき屋根の家が点在していた。寒くも暖かくもなく、何の匂いもしない。見えない照明で照らされたように隅々までが明るく、空気はピクリとも動かない。ここが屋内なのか、屋外なのかもよくわからなかった。

ふかふかした大きな綿菓子のようなものが目の前を覆った。ミッケだ。猫の耳にリスの尻尾を持った、いつもタケルの周りを漂っている陽気でおせっかいな使い魔。手を伸ばしたら、ミッケはその上にふわりと舞い降りた。

「タケルさま、ようこそ、魔法の国へ。プリンセスをお救いくださいませ。彼女がドラゴン大王にさらわれてから、王国から魔法は消え、魔物たちが畑や村を荒らし、国民を苦しめています。我々はどうすることもできません」

タケルはすんなりと状況を受け入れた。だって、ずっとこの瞬間を待っていたのだ。十一歳の頃から。人生で一番、時間をかけたゲームだ。どこで魔物が出てくるか、どうすればポイントを稼げるか、抜け道や裏技も完全に把握している。今から起きることに、未知や恐怖は一つもなかった。

「うん、わかった、プリンセスは必ず僕がお救いする！」

タケルは跪いて、胸をこぶしで叩く。すると、目の高さに剣が現れ、そのまま宙にぷかり、と浮かんだ。

「勇者の条件、それは、か弱き姫を救うこと！」

「勇者タケルの伝説」のキャッチコピーだった。剣の柄を握ると、辺りに火花が飛び散った。刃に映った自分は、中世西洋の庶民風の上っ張りと三角帽だったが、おっさんの姿のままなのがおかしかった。剣を腰のベルトについた鞘に収めると、ミッケを肩に載せ、前に前にと進んでいく。キノコやかたつむりを蹴散らす度に、体温が上がり、どんどんエネルギーが充実していくのがわかった。ものの二十分で最初の敵・コウモリ男爵が現れた。三メートル近くある羽根がバサバサとはためく度に、身体中が痒くなるような黄色い粉と恐ろしい悪臭が撒き散らされた。その心臓部分に剣を突き立てることに、そう苦労はなかったが、断末魔の叫びや、剣先から伝わってくる命が消えるひんやりした感覚がいつまでも残った。腕がだるく、喉がイガイガして、シャワーを浴びたい気分だった。服も帽子も粉だらけで、着替えが欲しい。

セカンドワールドの森も同じく、直方体の空間だった。ポイントで盾と鎧《よろい》もゲットできたとはいえ、さすがに戦い続ける元気はなかった。道の脇にある木に背中をもたせて座っていると、お腹が鳴った。なんとなく、こちらの世界では、空腹や疲労はないものとばかり思っていたから、だんだんと不安になってくる。

どこからともなく、中世西洋風のいでたちの小さな男の子が現れた。ここに暮らす者たちはタケルの世界の人々よりふたまわりほど小柄だった。

やあ、と軽く手を挙げる。薄気味悪そうにこちらを見ているだけだ。

「どこか泊まる場所はないかな？　何か食べるものをもらえないかな？」

ごくごく気さくに話しかけたが、男の子は去り際に冷たく言った。

「隣の国がおじさんのせいでめちゃくちゃだって聞きました」

そういえば、コウモリ男爵を倒す際に、何軒か家屋を吹っ飛ばしたかもしれない。

「こんなに頑張っているのに、冷たいなあ」

そうぼやくと、ミッケは肩をポンと叩くような調子で飛び乗ってきた。

「仕方ないよ。勇者は強くて当たり前、愛されて当たり前だからね」

何かがおかしい、と気付き始めたのは、飲まず食わずのままビッグスネークを倒してセカンドワールドをクリアし、市場や村の続くサードワールドに足を踏み入れてからだ。露店に並ぶ肉汁の滴る獣の丸焼きや果物、畑の畝《うね》から飛び出さんばかりの真っ赤な根菜。目の前に食べ物はあるのに、タケルにはそれを得る手段がない。剣や盾を換金しようともしたが、勇者には戦闘能力という特権があるのだから、市民と同じような貨幣を使うことは認められない、と店舗や農家の主人たちに次々に突っぱねられた。

「申し訳ありません。水を一杯いただけませんか？」

水瓶を頭に乗せた女に懸命に頼んだが、いきなり説教された。

「あなたの自己責任で冒険を始めたんでしょ。だったら、甘えるのやめて、命がけで頑張れば？」

タケルは唖然とした。これ以上何をどう頑張れ、と言うのだろう。足を引きずって歩いているだけで、国民から聞えよがしの悪口が飛んでくる。

その日は、道の脇にうずくまって眠った。朝日が昇る頃、水をぶっかけられて、目が覚めた。恐ろしい形相の町娘が空の木桶から雫を滴らせて、こちらを見下ろしていた。全身びしょ濡れで、歯の根が合わない。こうも空腹が続くと体温は下がる一方だ。今やポイントを稼いだそばから全て体内エネルギーに交換しないと戦闘モードに入れなくなっていた。

「あなたの時間はみんなのために使うべきでしょう？」

理不尽さにくらくらしたが、ようやく納得しつつあった。ここの国民はタケルの肉体を所有物のように思い込んでいるから、こんなに厳しいジャッジをするのだ。魔法の国では、異世界から召喚した勇者とは共有資源なのだ。

「応援したい、という気持ちにどうしてさせてくれないの？　少し前の勇者はもっと若くてイケメンだったよ！　私たち今、大変なの！　食糧不足で、働き手になる若者はほとんど魔物たちによって石に変えられるか、攫《さら》われて……」

娘はこちらにお構いなく、傷ついた顔で、まくしたてている。彼女が抱えている生活の不安は、あたかもタケルの全責任であるかのようだ。娘が行ってしまうと、タケルはミッケに問いかけた。

「『あちら』から『タケル』は何人も召喚されているんだろう？　まさか死んだの？」

「死体は見つかってないから、結界を張って姿を消しているだけだと思うよ。本当にあいつら、しょうもないよね」

「だったら、彼らを招集して、勇者たちみんなで魔物やドラゴン大王を倒すことはできないかな」

我ながら名案だと思ったが、ミッケは莫迦にしたように薄く笑った。

「一人でやらなきゃだーめ。だいたい色んな勇者たちが集まったって団結できるわけないでしょ。勇者ってプライドが高いから、人間関係がドロドロして大変だってよく聞くよ。全部『あちら』のお方が決めたことだからね」

ミッケは真昼なのにそこだけ真っ暗な天井を仰いだ。タケルははっとした。「勇者タケルの伝説」は基本的に一人用のゲームだった。

「この国の人たちは、結局、勇者が嫌いなだけなんじゃないのかなあ」

「そんなことはないよ。勇者は最後の希望だもん。期待してる分、厳しくなるんだよ。さあ、旅を続けて期待に応えよう」

ミッケに元気いっぱいに急《せ》かされ、イヤイヤながら立ち上がる。引き返して、少し休みたかったが、タケルはどうしても前にしか進めなかった。畑からこっそり根菜を引き抜こうとしたら、農民たちに見つかり、石をぶつけられ、サードワールドの果てまで追い詰められた。これによって、もともと良くなかったタケルの評判は地に落ちた。

フォースワールドのマダム・ケルベロスを倒し、ゴールドアイテムをゲットしても、タケルを見るなり、わざと身体ごとぶつかってくる国民が後を絶たない。これでは、食糧どころか、命さえ危うかった。湖を見つけると、水浴びをし、洗濯をして木の幹に引っ掛け、服が乾くまでの間、髭を剃り、身なりを整えた。そのせいで、旅に大幅な遅れが出た。それがあっという間にシックスワールドにまで伝わり、ますますタケルは嫌われた。村人に出くわすたびに、ニヤニヤと笑いながら容姿や年齢に関する嫌味を言われる始末だった。

「僕はちゃんとノルマはこなしてます！　なんで見た目まであれこれ言われなきゃいけないんですか？」

とうとう我慢が出来ずにそう叫ぶと、人々は一瞬静まり返った後で、こちらを殺しそうな顔つきで言い返してきた。

「勇者のくせに、弱き者のように振る舞うのか!!」

勝ち続けなければいけないし、好かれないといけない。ファイナルワールドに着く頃には、国民の要求をなんとかして満たそうとして、すっかり疲れ果ててしまった。その場にしゃがみ込むだけで、ミッケにまでどやされるので、とにかく休むことなく足を前に出し続けた。おまけに、魔物たちはタケルを見つけると、律儀なまでにきっちり襲ってくる。正直、ちゃんと休息できる安全な場所と食事を与えてもらい、国民が邪魔さえしなければ、何人も勇者を召喚して使い捨てる必要などないように思えるのだが、それを口にしたら、今度こそ殺されるだろう。

とにかく姫を救い出しさえすれば、すべての評価は変わるはず。その希望だけで、旅と戦いを続けた。喉がカラカラに干上がって、口の中がずっと苦い。姫が幽閉されている城の前にたどり着く頃には、笑顔を貼り付け続けたせいで、顔は引きつっていた。門の前にはほぼ城と同じ大きさの、ドラゴン大王がうずくまって眠っていた。ゴーヤのような濃い緑色の硬そうな鱗が身体を覆い、あちこちに鋭い突起物が見受けられ、人らしきものが串刺しになって腐りかけていたが、今や国民の方が、ずっと厄介で怖い存在だった。弓も矢もゲットしているが、飛びかかるだけのエネルギーはもうない。ぼうっとしていたら、イボだらけの瞼が持ち上がり、直径一メートルくらいはありそうな大きな目玉がギョロリと動いた。ドラゴン大王がゆっくりと起き上がるだけで地面が揺れ、強風が吹きつけてきた。その口が開き、真っ赤で生暖かく濡れた洞窟につい見とれていると、こちらに向かって炎が噴き出し、マントをちりちりに焦がした。熱風を避けるだけがやっとで、タケルはあたふたと物陰に逃げ込んだ。

「もう、だめだ。ミッケ、頼むから、少しだけ安全な場所で休みたい」

「そんな時間はないよ。早く早く！　辛くても歯を食いしばれ！」

結界を張れるだけのポイントはもう手にしている。ミッケを無視して呪文を唱《とな》えると、次第に風景が霧がかかったように遠のいていく。

「隠れるの？　ありえない！」

ミッケがきんきん声で叫んだが、それもだんだん小さくなっていく。

「この野郎、怠けるのもいい加減にしろよ。ノロマ！　ジジイ！　ブサイク！」

姿が消える寸前、ミッケの全身の毛は逆立ち、眼球は真っ赤に燃え、牙がむき出しになっていた。

結界の中は、はるか昔にどこかで見た、何かを思い出させた。若いタケル、年取ったタケル、その中間のタケルがぎっしりと細長い空間に詰め込まれて、みんな壁に背中をつけて座り込んでいた。名前だけで無作為に召喚された勇者たちを見ていたら、みぞおちが痛んだ。

「ここは安全だ。外はあまりにも恐ろしい」

老いたタケルがぼそりと言った。タケルは最後の気力を振り絞って叫んだ。

「みんなでここを出ましょう！　僕たちが協力すれば、必ずドラゴン大王を倒せます！」

「それは無理だよ。タケル。僕たちが連帯することは『あちら』のお方に許されていない」

「わかっています。でも、このままじゃ、ただここで力尽きて、死ぬだけじゃないですか」

ここまでたどり着いたということは全員、フィフスワールドで空を飛ぶ時は鳥と、セブンスワールドで海底に潜る時は魚と、合体できる魔術を身につけているはずだった。

「鏡の魔法と合体の魔法を使いましょう。みんなで力を合わせて一つになって敵を倒しましょう」

タケルの呼びかけに、若いタケルが遠慮がちに頷き、それをきっかけに、一人、また一人とタケルたちが立ち上がった。全員で円陣を組み、はにかみながら、エイエイオー！　と叫ぶ。

結界を出ると、タケルたちは合体して大きなタケルに変身し、鏡の盾を使い、ドラゴン大王の放つ炎を跳ね返した。黒焦げになった敵が倒れ、縦に一回、地が揺れた。周囲を見渡すと、大勢のタケルたちはあちこちにうつ伏せに倒れていて、かろうじて身体を動かせるのは、タケルひとりきりであった。全身が切り傷と火傷《やけど》だらけで、頭が割れそうに痛い。

「行くんだ、タケル。姫を助けるまでは、我々は、勇者とは呼べないのだから」

足元に倒れていた老いたタケルがそう言い、がっくりと額を地に付け、目を閉じた。そんなことしなくても、あなたも立派な勇者ですよ、という言葉を涙と一緒に飲み込み、タケルは後ろを振り向かないようにして、城の門を駆け抜けた。番兵はおらず、タケルはすぐ牢屋にたどり着いた。鉄格子の向こうには、それぞれのワールドから攫われてきた乙女たちが鎖に繋がれていて、こちらを見ると必死に助けを求めてきた。この世界に来て初めて、タケルは自信を得た。乙女はいずれも美しくたおやかだが、今はプリンセスが最優先だった。一番奥の独房にとらわれている女性はうつむき、ボロをまとってはいるが、王族の証である王冠を身につけていた。プリンセス、と叫んで駆け寄り、タケルは立ち竦《すく》む。

「びっくりしたでしょ？　おばあさんで」

青い瞳に整った顔立ちだが、髪は真っ白で肌は柔らかく緩み、うっすらと骨が浮き上がり、どう見ても七十歳は超えている。

「無理もない。私が連れ去られたのは、もう六十年は昔のことだもの」

気を取り直すのに時間はかからなかった。タケルの手で救えるプリンセスならば、もはや年齢や容貌はどうでもよかった。錠前に剣を振り下ろし、ひんやりと黴《かび》くさい牢へと入っていく。

「私よりも先に、他の女性を逃してちょうだい。私は最後でいい」

言い分を無視して、ほっそりした手足から伸びる四つの鎖を断ち切った。その時、壁の一部がガラガラと崩れた。その向こうでギラつくのは、さっき倒したはずのドラゴン大王の目玉だった。焼け焦げた巨体をよろよろと動かして、プリンセスに向かって口を大きく開けた。

「おやめなさい！」

自由になった姫君が右手をかざすと、そこからまっすぐに光の柱が伸びて、それはそのまま輝く剣になった。プリンセスは跳躍すると、その剣でドラゴン大王をひとつきした。魔物の姿は火花と共に消え、またたく間に城は崩れ去った。鎖や鉄格子は形を無くし、乙女たちはそれぞれ解き放たれ、喜びの声をあげて草むらを駆け回る。プリンセスの剣は宝石きらめくステッキに変形する。彼女がそれを一振りすると、ボロ布はたっぷりしたローブと銀色のドレスへと変わり、直方体の空間は、無限の広がりを見せる青空とどこまでも続く香り豊かな森へと変わった。

「どうして、私を取り戻すと王国に魔法が戻るか、分かる?」

プリンセスに厳かな口調で問われても、タケルは言葉が出てこなかった。

「伝説の勇者とは、実は私のことだからなの。王国が闇に閉ざされたのは、私が王国を守れなくなったせいなの」

メダルとキスを授けられるものとばかり思っていたから、戦闘ダメージも手伝ってもはや立っていられなくなった。

「そんな、では、今までの僕の戦いはなんだったのですか。姫を救えば伝説の勇者になれるのだとばかり……」

「あら、伝説になんてなれなくてもいいじゃない。あなたは私の恩人よ。私を助け、協力してくれた、大切なお友達よ」

誰かと協力なんて、タケルは望んでいないのだ。特別な女性からまぶしい視線を浴びたいのであって、友になんて別になりたくない。救うことに比べたら、協力なんて、凡庸でささやかに思える。なんらタケルの能力を知らしめることにならない。伝説になれないのだったら、あのままドラゴンに燃やされていた方が、ずっとよかった。国民はこれまでの非礼を詫び、賞賛したかもしれない。レースで縁取られたハンカチを差し出され、タケルは自分が泣いていることに気づいた。

「友と協力できる人こそ、世界中で一番強いのよ」

プリンセスは優しく語りかけた。その小柄な身体は宙に昇っていき、背後から後光が差し始めた。

「勇者、あなたは元の世界に戻りなさい。タケル、覚えておいて、勇者はどこにいたって、どんな人間だってなれるの。たとえ、姫があなたの隣にいなくても」

まばゆい光が辺り一面を圧し、タケルは思わずまぶたの上に手をかざした。

「私の名前を覚えてお帰りなさい。勇者に名前があるように、姫にも名前があるのです。私の名前を唱えさえすれば、あなたがいつどこにいても、王国の扉を開く呪文になります。私の名前は……」

目の前にひらひらと白いものが揺れている。あなたを輝かせる極上空間、今なら二〇パーセントオフ――。

エステの広告のようだ。初めて目にするということは、これは女性専用車両にしかないものらしい。たった今聞いたばかりの名が細いリボンのような書体で踊っていたので、剛は我に返った。

元の世界に戻っている。目の前で、あのお方が怪訝そうな表情を浮かべている。王冠もなく、ステッキもローブもない、市民の姿に身を窶《やつ》しているけれど、王族の力と知は到底隠しきれるものではない。髪は銀色に輝いている。神々しいばかりのお姿に、剛は自然と背筋を伸ばし、跪く。

「プリンセス、助太刀させてください」

そう言って見上げると、プリンセスはぎょっとしたように、一歩身を引いた。

「あなた、何言ってるの？　あなた、女性専用車両に反対なんでしょ？」

プリンセスがよく意味を飲み込めないご様子なので、背後に控える女たちに、剛は協力を乞うことにした。

「みなさん、手鏡はありますか？　鏡を取り出して、顔を守ってください、鏡の魔法と合体の魔法を同時に使いましょう。鏡をもってない方は、スマホの自撮り機能を使ってください」

「なんなの、このおじさん？」

制服姿の少女がすっとんきょうな声をあげたが、隣の会社員風の女性が鏡を取り出すのを見て、ノロノロとスマホを取りだした。女たちがきらめく光で顔を守ると、陽射しが集められ、まるで大きな一枚の鏡のようになった。剛はようやく振り返り、自分の後ろでデジカメやスマホを構えている卑劣な輩を睨みつける。

「ここにいるみなさんを撮影しようとしても、あなた方の顔が映るだけです。ここから出ていかないのなら、あなた方の姿をネットにあげますよ」

「なんだよ、あんた、何で急に女側なんだよ。あんた、一体何がしたいんだよ？」

と、一人が怯えきった白い顔で抗議したが、剛が鋭い一瞥《いちべつ》をくれると、仕方なさそうにカメラを下ろした。三人が足早に隣の車両に移ると、歓声と拍手が広がった。

「何だか、よく分からないけど、どうもありがとうね」

プリンセスは躊躇《ためら》いがちに笑っている。電車は剛の職場がある駅に停車した。礼には及びません、当然のことをしたまでです、と剛はうやうやしく応えた。ドアが左右に開き、女性客が乗り込んでいる。こちらを見ると、びくっと肩を強張らせたので、剛は閉まる寸前のドアに身体を滑り込ませ、早口でこう言い残した。

「勇者の資格とは、ゴールドメダルでもマジックポイントでも、姫を救うことでも、ありません。友と協力することです。みなさん、それを気づかせてくれてありがとうございます。それでは、ごきげんよう！」

ドアが閉まり、車両いっぱいの拍手は緩やかに断ち切られた。

ホームに降り立つと、湾岸沿いなのに夏休み前の校庭のような、青い草と土のかおりがした。プリンセスを乗せた電車は海を走り抜けていく。青空を見上げたら、入道雲が渦巻いていて、コンフィデンス様と高貴なそのお名前をつぶやいたら、彼方に王国が一瞬だけ、姿を見せた気がした。

エルゴと不倫鮨

　東急沿線徒歩二十分、閑静な住宅地のマンション地下一階にあるその会員制イタリアン創作鮨《ずし》「SHOUYA mariage」に、外資系投資運用会社の営業部長である東條《とうじょう》が、営業アシスタントの仁科楓《にしなかえで》との夕食の予約を入れたのは、リーチがかかったと確信したからだ。彼女の気働きができるところや、男性社員のお世辞に困ったように茶色の髪を揺らして首を傾げるところ、手首に浮いた青い血管、控えめな配色のニットから浮かび上がる曲線、昼休みにお財布だけ持って外出する後ろ姿、すべてが好みだった。二十六歳の歳の差やこちらに妻子がいることを、真面目そうな仁科が気にする暇も与えないくらい、彼女が中途入社したその日から、東條は次から次へとジャブを打った。やや無理目の量の仕事を与え、彼女をオフィスに一人きりにする機会を作り、労《ねぎら》いを込めてことあるごとにちょっぴり張り込んだランチをご馳走する。そうこうしているうちに、仁科は少しずつこちらに心を許すようになった。一年前に恋人と別れたばかりであること、看護師を目指している妹と戸越《とごし》に住んでいること、実家は経済的に豊かとは言えないこと、好きなアニメのキャラクターのカプセルトイを集めていることを恥ずかしそうに打ち明けられた。そして、ついに先週、接待の帰り道、タクシーの後部座席で小さな頭をこちらの肩にもたせかけてきたのだ。

「SHOUYA mariage」はトリュフやキャビア、フォアグラ、地産地消系のオーガニック野菜を使った伝統にとらわれない鮨とイタリアンワインとの斬新な組み合わせが売りだが、何よりも店の雰囲気が若い女を連れて行くのに適していると、東條くらいの年収の男の間で、口コミでじわじわと広まっていった。これまで五回ほど利用していて、インターンの女子大生をお持ち帰りし、手専門の美人エステティシャンとは短期間だけ交際するに至った。それほど深い食の知識がなくてもワイン込みで三万五千円のコースさえ頼んでおけば、シェフがこちらのニーズをくみ取り、呼吸を合わせ、グラスを出す時に必ず銘柄を口にしてくれるのが、ありがたい。四組も座ればほぼいっぱいな大理石のカウンターが一つだけの黒を基調とした店内は、壁一面にワインラベルが飾られ、イタリア直輸入の調度品が適度な重みを与え、静かなジャズが流れている。席と席とがさりげなく離れていて、バーのような薄暗い間接照明のおかげで、他の客の顔はぼんやりとしか確認できない。何より立地が素晴らしい。自然とタクシーを使うしかなく、ほろ酔いの帰り道はそのまま渋谷のホテルに直行できるというわけだ。

「わあ、こんな素敵なお店、私、初めてです。大人の秘密基地みたいなところですね」

急な階段をヒールを気にしてそろそろと降りる時、東條はさりげなく仁科の腰に手を回した。ブルー系LEDライトで照らされた砂利道を通って、竹をかき分けると、笹で目隠しされた格好の、腰くらいの高さのドアがあらわれる。どうぞ、と東條はドアを押す。かがんで潜《くぐ》る時、仁科の丸いおしりがこちらに向かって突き出される格好になり、東條は唾《つば》を飲み込んだ。肩の出るニットは彼女にしてはかなり大胆なもので、今夜はそっちもその気なのだろう、と確信する。

床はガラス張りで、その下には小石が敷き詰められ、カウンターに寄り沿うようにか細い川がちょろちょろと流れている。川を跨《また》いで脚の長いスツールに並んで座った。金色に染めた短髪にコックコート姿の三十代の男性シェフが、いらっしゃいという風に、無言のまま目だけで迎え入れる。客は他に二組で、いずれも東條くらいの年齢の身なりの良い男と、若く美しい女という組み合わせで、囁《ささや》くように会話している。ほら、とアタッシュケースからガチャポンのカプセルトイを取り出すと、仁科はわあ、うれしい、覚えててくださったんですね、と顔をほころばせ、店にまるで不似合いなそれを両手で宝物のように受け取った。シールを剝がし、カプセルを開けると、目を丸くする。

「どうやって当てたんですか⁇　これ、一番欲しかったんです。超レアキャラですよ」

「仁科のためだから、オヤジが年甲斐もなく、頑張っちゃったよ」

と笑って、軽く彼女の腕を撫でた。拒否されなかった。

その学生服の美少年のキャラクターを手に入れるために、東條は妻に、取引先の家族の小さな男の子が欲しがっていると、外注したのである。妻は中学生の娘を連れてゲームセンターに通い、その結果をいちいちラインで報告してきたものだ。元は同業者だった妻は、仕事のためとあれば、どんな協力も惜しまない。もともと頑張り屋で、娘の受験でも、町内会のバザーでも、人並み以上に張り切り、いつも後日ぐったりと寝込んでいるほどだ。雑貨店のパートでも結局契約社員になってしまい、本人も戸惑っている。ダイエットにも手を抜かないので、こんな風に外で恋愛を楽しむことはあっても、妻への愛情には影響していない。会話やスキンシップは減ったが、平均よりはずっと仲の良い夫婦だと思っている。ガチャポンマシンだって、きっと手を合わせ、決死の思いでハンドルをひねっていたに違いないのだ。当たりが出た時は、カプセルを手にガッツポーズを決めた写真と、喜びを表現したスタンプが雪崩《なだれ》のように送られてきた。

仁科は学生服のキャラクターを手のひらに乗せ、顔がどうとか、性格がどうとか、実在しない彼の魅力について愛しげに語っているので、ふっと嫉妬らしきものを覚え、東條は頬杖をついてシェフに話しかけた。

「今日のオススメって何かな？」

「そうですね。六月ですから、いいカツオが入っております。ガーリックオイルで召し上がっていただきます。甘エビのプリンも人気ですよ。あと、赤パプリカのいいのが入ってます。まるでフルーツのように甘く、肉厚なんです」

「そうそう、ここの野菜はシェフ自ら、鎌倉の朝市まで行って手に入れているからね。新鮮さや甘みが他と全く違うよ」

「このお店、よくいらっしゃるんですか？」

仁科が再びこちらに視線を向けた。他の二組もワインを前にして、主に女の方が相《あい》槌《づち》を打っている。シェフと男たちの共犯関係が心地よい。

「金箔を浮かべたスプマンテ、キャビアとトリュフを乗せたカニのムース、アワビの握りの肝と赤パプリカソースです」

そう言って、シェフがカウンターに並べたのは、ガラス皿に乗せられたキャビアとトリュフでほぼ見えなくなっているカニのムース、アワビの握りにオーロラ色のソースをかけたものだった。銀でできた重たい箸が添えられている。アシンメトリーヘアにしたお運びの美青年が、金箔を入れたグラスに冷えたスパークリングワインを注ぐと、黄金と泡がしゅわしゅわと踊りだす。

「わあ、すごーい。キラキラしてて宝石箱みたい。何だかお鮨屋さんじゃないみたい」

仁科はうっとりして、グラスを照明に透かしている。白く細い喉がむき出しになった。一口飲むなり、唇が光り、目がとろりと潤いを帯びていく。このための三万五千円だ。

「まあ、泡は万能だからね。鮨にはとにかく泡か、ミネラルの感じられる軽めの白が合うんだよ。あとはロゼ。赤で重くて渋いタイプは絶対に避けた方がいいね。タンニンが鮨の繊細な味わいを殺してしまうんだよ」

「部長、よくご存知なんですねえ」

「それに海苔《のり》や醤油は渋いワインと相性が悪いからね、ここの鮨はほとんどを、オリーブオイルや野菜のソース、塩で食べさせるんだよ、これが新鮮だし目からウロコの美味しさなんだ。鮨とワインのマリアージュという、自由な発想がビジネスにも応用できるんだよなあ」

「へえ、ヒントって色々なところにあるんですね。さすがだなあ」

スプマンテを一口飲んで、スプーンでムースを口に運ぶ。

「うん、よく冷えていてうまい。ナッツのような樽香《たるこう》が効いているね。カニの甘みを引き立てているよ。あ、唇についてるよ。失礼」

東條はさりげなく、仁科のぽってりした上唇についている金箔を、親指で取り去った。彼女は乳をねだる赤子のようにいつまでも小さく口を開けている。さらりとした唾液と金箔が、東條の指にまとわりついた。本当に赤子のような乳くさいにおいがするな、とくすぐったい気持ちになっていたら、すぐそばに頭の大きな乳児が現れ、ぎょっとした。正確には、巨大な乳児をエルゴ紐で胸元にくくりつけた、体格の良い中年女性が、甘ったるい乳の匂いを辺りに振りまきながら、ドアの前で仁王立ちしていた。灰色のスウェットのズボンと、所々に母乳らしきシミのあるヨレヨレのカットソーは、部屋着以下のいでたちだった。その母親はのしのし、と音がしそうな足取りで、東條たちの席から近い、厨房《ちゅうぼう》を横から覗ける角席のスツールにどしんと腰を下ろし、重そうなマザーズバッグを床置きした。いちげんであるのは確実なのに、よく通る太い声でこう言った。

「すみません、子連れで！　でも、この子今、よく寝てるし、私パッと食べて、サッとハケますんで！　すみません！」

「お客様、申し訳ありません。当店は会員でないお客様は……」

遠慮がちなシェフに向かって、母親は全くすまなそうではない、早口でこう言った。

「私、この向かいのマンションの三階に住んでいるものです。こっちのマンションのオーナーさんのお母様、ここの管理人もされていて一階にお住まいじゃないですか？　最近夜、健康のためにウォーキングされてるでしょ？　うちの子、夜泣きがひどくて、寝かしつけるための夜の散歩が日課なんですけど、それで知り合って仲良くなったんです。で、世間話の最中に、お酒やナマモノに飢えてて死にそうって愚痴ったら、この地下のお鮨屋さんはうちの子の持ち物だから、卒乳したら好きな時にいつでもおいでって言われたので、お言葉に甘えちゃいました。あ、大将！　オーナーさんにこのお話、今電話でちょっと確認していただけますか？」

シェフはすぐに背を向け、アシンメトリー青年がそっと差し出した子機を手に取ると、どこかに電話をかけた。しばらくして、しぶしぶと言った表情で、こちらに向き直って小さく頷いた。

「ええと、まず、小肌《こはだ》!!　ビールね！」

母親はおしぼりが出てこないことに気付いたのか、明らかに赤ん坊用の大判ウェットティッシュをマザーズバッグから取り出し、手と顔を雑にゴシゴシと拭いた。赤ん坊はぴくりとも動かずそのたくましい身体に張り付いている。眉間《みけん》にはいかにも勝気そうにくっきりと皺がより、唇からは透明のよだれが流れ、手足には芋虫のような肉の輪が連なっている。寝入っているはずなのに、なんだかやかましい印象を受けた。

今はできるだけ頭から追いやりたい娘のことが思い浮かび、東條は落ち着かなかった。とはいえ、娘がこれくらいの頃は、仕事が忙しくてほとんど家に帰らなかったのだが。

「当店にビールのお取り扱いはありません」

シェフの口調は冷たいと言っていいほどだが、母親は気にする様子もない。

「あ、そうですか、じゃあ、八海山！」

「当店は、グラスワインと鮨のマリアージュを自由な発想で楽しんでいただくお店でして」

「え、そうなんですか。すみません、何も知らなかった。管理人のお母さんからは、お鮨屋さんとしか聞いてなくて。私、グラスであれこれ飲むのが、得意ではないんです。冷たすぎる白ワインって、人肌の酢飯にあんまり合わないような気もするし。えーと、ワインリストいただけますか？」

「ボトルをお一人で？」

シェフばかりではない。カウンター全体に動揺がさざめきのように広がっていく。もはや、誰も会話なんてしていない。この店でボトルを入れたら、三万五千円では済まないぞ、と、東條は冷汗をかいた。

「昔、って言っても二年前か。あの頃は毎晩一本は普通に空けてましたんで。全然飲み切れます」

アシンメトリー青年からワインリストを受け取った母親は、顔をしかめて近づけたり、うんと遠ざけたりした。

「すみません、ちょっと私の周りだけ、照明を明るくしていただけます？　ごめんなさい。産後ですっかり視力が落ちてしまって。授乳が始まってからはなおさら……」

シェフは聞こえよがしのため息をついた。アシンメトリー青年が裏に姿を消してすぐ、母親の頭上から、カッと白い光が照らされた。そうすると、薄暗い店内が、彼女が主役の舞台に様変わりして、東條はますます居心地が悪くなってくる。照明の下で見ると、髪はボサボサで目の周りはクマで縁取られ、青ざめた肌に化粧っけは全くない。疲れ切っている上に、若くもなく、むくんでいる。美しいところの全くない女だった。それなのに、少しも引け目に思っていなそうなところに、東條は腹が立った。

店中の視線を集めているのに、母親は平気な顔で喋り出した。

「私、鮨もワインも口にするのが一年九ヶ月ぶりなんです。今から四時間前についに夜間授乳が終わったんです。この子、今、生後十一ヶ月なんですけど、日中は粉ミルクでももう問題ないけど、夜は三時間おきにおっぱいをあげないと駄目だったんですよね。でも、もう、授乳なしでこのまま朝までいけそうなんです。私、妊娠が発覚してから今日まで、何よりも好きなナマモノもアルコールも一切口にしていません。まぁ、人によって考え方の違いはあると思いますが……。だから、卒乳した夜だけは、好きなように好きなだけ食べたいんです。パッと食べてすぐに帰りますんで。ここしか行けるところもないんです！」

どれもこれも、この場所では聞きたくないキーワードの洪水に、耳を塞ぎたくなる。

しかし、誰にも邪魔させないという異様な迫力が彼女にみなぎっている。ほとんど寝ていないのだろうか、よく見ると白目が不気味なくらい血走っていた。

「一年九ヶ月ぶりのお酒だから、軽めの白とか泡とかロゼとか、絶対に嫌なんですよね。渋くてそれなりに重い赤をごっくごく飲みたいんです。あの、そこにラベルが飾ってあるってことは、あのう、スーパータスカンのティニャネロ、あるんですよね」

壁を指差してその銘柄を口にするとき、彼女の声は微《かす》かに喜びで震えているような気がした。

スーパータスカンといえば、少し前に話題になった気がする。トスカーナ地方で生まれたなんでもありな技法のワイン。東條はカウンターの下で、仁科にばれないようにスマホを操作する。ティニャネロは、一九七一年に名家アンティノリで誕生したサンジョヴェーゼにカベルネ・ソーヴィニヨンをブレンドした傑作ワインとあった。

「もちろん、ございますが……。タンニンも強く、かなり食材を選ぶとおもいますが」

「でも、サンジョヴェ主体だから、この品種独特の酸味が、ボルドーみたいなカベルネ主体のガチに重いワインよりは、お鮨に合う気がするんですよね。試してみたいです。ティニャネロに、私がこちらで作って頂けそうなお鮨を考えますので、それを握ってください。頼みます！」

事も無げにその母親は言い放った。

「えーー……」

シェフは困惑の声を漏らし、立ちつくしていた。

同じカウンターの一番右側に座っていた、益川紗江子《ますかわさえこ》は、ホタテのバジルソース握りを重たい箸で口に運びながら、声のする角席をまじまじと見つめた。これとそっくりなセリフをどこかで聞いたことがあるのだ。

現在は銀座でホステスをしている彼女にとって、人生最初の同伴相手が、十年前にまさにこんなオーダーをしたことを、思い出したのだ。紗江子はまだ山梨から出てきたばかりの十八歳のキャバクラ嬢で、いきなり鮨屋でサーモンを頼んでしまうような娘だったが、その男はならば江戸前の味を教えたいと意気込んだ。しかし、行きつけの店が代替わりして、軽いワインと淡白な鮨ネタの妙を楽しむという趣向に変わっていて、男はカンカンに怒り出した。ボトルのロマネコンティを持って来い、それにあわせた握りをこちらで指示する、と無茶苦茶なことを言い出したのだ。男もこの母親のように、よく通る太い声をして、堂々としていて身体が大きく、健啖《けんたん》家だった。確か、中東の石油開発に携《たずさ》わっていた。今、隣に座るベンチャー系の社長にはない、汗と土の香りがした。そういえば、あの店はどうなっただろうか。こうした類の鮨屋はいつの年も数多く出現し、どこも二年以内で消えていく。あの人、好きだったなあ、と久しぶりに、紗江子は彼のことを思い出した。

運ばれてきた赤ワインのラベルの丸いマークを母親はうっとり見つめ、指でなぞった。

「一九九七年！　当たり年じゃないですかあ！」

ポンとコルクが音を立てて抜ける。アシンメトリー青年をやんわり断り、母親は手酌《じゃく》でなみなみとグラスに注ぎ、口をつけた。青ざめた肌がサッと朱に染まる。目薬をさしたように白目が澄んで、パサついた髪までが一瞬でしっとりしたような気がする。

「キター……」

母親はげんこつで額を一回突くと、眉間に皺を寄せ低い声でうんうん唸っている。そうすると、すぐ下にいる赤ん坊とそっくりな顔になった。そして、彼女の一年九ヶ月がその身体から店全体に溶け出していくような、はあーっ、と長い溜息を一つついた。母親の目はらんらんと輝き、シェフに命じた。

「ホタテはありますか？　それに醤油を塗って、軽く炙《あぶ》り、海苔で巻く、レアの磯辺焼きにしていただけますか？」

「当店、海苔の扱いはございません」

「そうですか、じゃあ、大葉はあります？　それで巻いてください」

シェフは無表情のまま頷くと、のろのろとホタテを殻付きのままバーナーで炙り始めた。

母親は手首にはめていたゴムでざんばらの髪を一つにきつくまとめた。そうすると、こめかみはピンと張り詰め、両目がつり上がった。思いがけず、愛嬌のある顔だちだった。大葉で巻かれた醬油が香ばしそうなホタテが現れると、母親はじっくりと見つめ、おもむろに手づかみでかぶりついた。プリッとしたホタテの食感を伝えるかのように、彼女は右肩を軽く持ち上げた。ワインをすかさず大きく一口飲む。ホタテの咀嚼とワインの嚥下《えんげ》を繰り返すうちに、頰の赤みは強くなり、白い唇は色づき、彼女の全身に血がめぐり出すムンムンという熱気がこちらにまで伝わってきそうで、店内の温度ははっきりと上昇した。東條は氷のように冷えたピノ・グリージョとアボカドととんぶりと大トロのカリフォルニアロールに手をつけず、ただ彼女に見惚れていた。他のカップルもみんな食事の手を止めている。母親の声はさらに力強くなった。

「鮒《ふな》鮨とか、なれたものってありますか。あ、ないですか。なら、チーズ、そう、熟成したミモレットはありますか？　それを薄く削って、酢飯と一緒に握ってください。アサツキかシブレットがあればそれを散らしてください」

「ミモレットのお鮨なんて、すっごくおしゃれですね！　私も同じの食べたいかも。ねえ、あの人めっちゃ、食通って感じしませんか？」

仁科がはしゃいだ調子で、カリフォルニアロールではなく母親ばかり見ている。

「コースで指定したからね、他のものを頼むなんて、無理だよ」

東條はうんざりして囁いた。こちらの声が聞こえたのか、母親はいきなり、おおらかな笑顔で話しかけてきた。

「ミモレットはなぜかご飯に合うんですよ。一番美味しい食べ方はね、薄く削いで、お茶漬けにすることですね。永谷園のお茶づけの素なんかぴったり」

「へえ、真似してみようっと。ありがとうございます！」

仁科は彼女と言葉を交わせたことがよほど嬉しいのか、小動物のようにキュッと肩をすぼめて、スマホにメモまで取っている。母親は大判ウェットティッシュで再び手を拭うと、カウンターに乗せられた、からすみの握りそっくりのミモレット鮨を、大事そうにたいらげ、今度はゆっくりと身体に染み渡らせるようにワインを飲んだ。

「次はですねえ、イタリアンてことは熟成の生ハムはありますか？　それを酢飯と握ってください。あれば、ゆず胡椒《こしょう》をちょっと添えてください。熟成ワインには熟成ネタじゃないと、苦しいかなって思うんですよね。あ、そうそう、甲府のワイナリーを巡っていた時、おもしろいおつまみに出会ったことがあるんですよ、きな粉をまぶした信玄餅と薄切りのパルミジャーノを生ハムでくるりと巻くんですけどね」

「えー、お餅と生ハム⁉　なにそれ、バズりそうな組み合わせ！」

仁科が目を輝かせた。客同士の垣根がない、商店街の鮨屋のカウンターのような和気あいあいとしたムードに、東條は歯ぎしりした。

「意外でしょ？　ハムの塩気ときな粉の香ばしさ、お餅のもっちり感と甘みが、重ーいメルローにとてもよく合うんです。あ、そのメルロー、新聞社が一流大手酒造に協力させて造ってる超レアなやつで、滅多に手に入らないんですよね」

「えー。なにそれ、飲んでみたーい！」

どんな知識を出してもこの母親には負けてしまう。今は何も言わないのが得策だ、と東條は唇を結んだ。

「私、実家、山梨なんですよ。国産のワインもお好きなんですね」

ふと気付けば、一番右の席の、起業家風の男の連れの、いかにも金のかかりそうなホステス風の美女までが身を乗り出している。母親はワイングラスを揺らしながら、しみじみした口調で言った。

「ええ、ワインと聞けば、どんなところにも出かけたなあ。だから、人生で一番辛かった一年九ヶ月ですよ。ノンアルコールなんて気休めにもならないしね。チーズだってエポワスみたいなウォッシュタイプが好きなんですね。好きなものがほとんどこの子のために産院から禁止って言われてるんですから……。って、なんか楽しいなー！こんな風に最後にお酒飲みながら大人と喋ったの、いつだったっけ」

照明の具合かルビー色に変化したワインを、母親はゴクゴクと飲み干した。

「あ、そうだ、マグロのヅケってあります?」

「当店はマグロはすべてお客様の目の前でバーナーでレア状態に炙り、バルサミコソースかトリュフ塩で召し上がっていただくことになっています」

「そうですか? 醬油味のマグロはこういう甘いタンニンのワインに、合うと思ったんですが。ソムリエの友達も重めの赤とマグロのヅケの相性はかろうじて悪くないと言ってましたから。今からでも煮切り醬油につけていただけたら全然、最後の方に間に合うと思うんで、作っていただけませんか。何しろ私、ナマモノに飢えていて……」

「私も、ヅケでいただきたいです! いいですよねっ」

仁科が強く賛同すると、ホステスもニコッと頷いた。

「うん、私もいただきたいな! マグロのヅケで、渋めの赤ワイン、試してみたい」

シェフがマグロのサクを取り出すと追い打ちをかけるように、母親は命じた。

「そうそう、漬けている間に、ウニ軍艦握っていただけますか? あ、海苔ないのか。なら、薄く切ったきゅうりを代わりに巻きつけてください。浅草のお鮨屋さんで食べたことあるんですけど、ヒスイ色と橙《だいだい》のコントラストがとても美しいんですよ」

島田《しまだ》雅美《まさみ》はよく冷えたロゼと、生肉のカルパッチョにウニを乗せた握り、フォアグラのフルーツソースを前に、その母親から目が離せなかった。こういう種類の女が、酒を飲み、高い料理を食べ、楽しそうにしゃべる姿を、雅美は実家の専業主婦の母親を含めて、これまで一度も見たことはなかった。短大からコンサルティングファームに入って五年、隣に座っている妻子ある上司とずっとつきあっている。結婚も子どもも雅美は興味はないし、この関係に不満はない。男から、妻は退屈な女だと聞いている。子育て以外は何もしていなくて、たまに外食に誘っても、おしゃれもろくにせず、視野が狭くて話が異様につまらないのだという。その点、雅美は映画や読書の話題も豊富で、自立しているから対等に付き合えるし、一緒にいて世界が広がっていくようだ、と褒められる。実際、二人で秘密で出かけた南米旅行はとても楽しかった。

でも、本当に彼女はつまらない人間なのだろうか。子ども以外誰にも会わなければ、視野が狭くなって当然だし、時間がなければカルチャーなんて一番最初にどうでもよくなるのだろう。もしかして、日々の些事の向こう側に、彼女本来の面白さというものは存在するのではないだろうか。この母親のように、赤ワイン片手に自分について喋り出す、男の妻を想像してみた。一度だけ、社内のバーベキューで会ったことがある。三人の子どもから片時も目を離さない、控えめな女性だった。お酒を勧められても、口にする暇など全くないように見えた。

雅美が侮蔑するべきはあの女性ではなく、ひょっとして隣の男なのではないか。彼らがこうしてアイロンのかかったシャツを着て若い女と高級な鮨を食べている間に、その背後には、家事や育児に追われる女たちがいるわけだ。この店の不思議な歪みは、本来隠れるべき存在の突然の出現にある。

塩で食べるきゅうり軍艦ウニに続き、炙ったカツオを汁ができるまで叩いた青ネギをのせて握れ、バッツァというサラミがあるはずだ、それと青トマトを紙のように薄くスライスしてネタにしろ、米茄子《べいなす》を揚げてみろ、梅肉はあるか、すり胡麻《ごま》といり胡麻と砂糖と醤油と酒でたれを作りそれで鯛をあえろ……と、母親はワインボトルを抱えた司令塔になって、シェフを右往左往させた。ワインをどんどん飲み、完成した握りを端から上機嫌で頰張っていった。東條がこれまで出会ったどの女より、よく飲みよく食べる女だった。グラスを傾ける度に、彼女の内側から、貫禄がにじみ出していくようだった。彼女が旨そうにヅケを食べ終えるなり、ギャン、と赤ん坊が泣き出した。顔を真っ赤に歪め、ポタポタと涙をこぼし、手を強く握りしめている。母親は初めて慌てた顔で、立ち上がった。

「あー、泣いちゃった。えーと、オムツかな？　ここのトイレ、オムツ替えるスペースありますか」

「ございません」

シェフはぐったりした調子で答えた。基本的に客がお任せしか頼まない店だから、ここまで細かい注文を受けたことはないのだろう。他の客の調理も合わせると、たった一人きりで、気の毒になるような働かされ方だった。

「ですよねー。すみません、ちょっと外に出てきまーす」

そう言うと、母親はさっさとスツールを滑り降りて、赤ん坊とともにドアの向こうに姿を消した。砂利を踏みつける音がした。

「なんなんだ、あれは」

東條は思わず、彼女の消えた方を振り返って、つぶやいた。

「本当、いい加減にしてほしいよな」

ラフな服装の、でも決して若くはない起業家風の男が、身体をこちらに傾け、たちまち同意した。東條は嬉しくなった。やっと店に静けさが戻り、鮨をつまんでいると、すぐに母親は戻ってきた。胸元の赤ん坊はもうすやすやと、指をくわえて眠っている。

「その辺歩いたら、泣き止みました。小雨が降り始めてましたよ。あれ、洗濯物取り込んだかな？」

起業家風がワイングラスを置くなり、いきなり振り向いて、母親に食ってかかった。

「あんた、この店にふさわしくないよ。俺たちは静かに食事を楽しみたいんだよ。子連れだからって、何でも我がままが通ると思ったら、大間違いだぞ」

そうだ、そうだ、と東條は思う。正しさを振りかざされるのは、太陽の下だけでたくさんだと思う。自分が稼いだ金でほんのちょっぴり、甘美な楽しみを舐めることの何がいけないのだ。タバコもダメ、ちょっとしたおふざけもダメ、ベビーカーにも気を使え。こういう女が不遜な態度でありとあらゆる場所に現れ、東條たちから居場所をどんどん奪っていくのだ。

「そうだ、ここは大人の社交場だぞ」

と、東條と似たような背格好の勤め人らしい男も低い声で加勢した。

「大人の社交場じゃないでしょ。男のための社交場でしょ」

ぼそりと言ったのは、男に寄り添っていた、秘書風の物静かな美女だった。一同、彼女を見つめる格好になった。母親はといえば今は赤ん坊に顔を向けているので、表情まではわからない。

「あのう」

声をあげたのは、仁科である。彼女はもう全く東條を見ていない。

「私は気になりません。どうぞ、好きなだけ召し上がってください。だって、お鮨もお酒も二年ぶりなんですよね」

「ですよね、今、このお店中で、一番お鮨とワインを欲しているのは、この方ですよね。私たち、いつでも食べられるし。ていうか同伴て大体鮨だし」

と、美人ホステスも頷いている。

「いや、でもね、TPOがあるだろ。子どもだってこんな夜中に可哀想じゃないか」

東條はなるべく穏やかにたしなめたつもりだが、仁科は別人のような剣幕で、食ってかかってきた。

「はあ？　自由な発想でマリアージュすることが大事ってさっき、おっしゃったじゃないですか。なのになんで、お母さんがお鮨を楽しんじゃいけないんですか？　こういうお店は、部長みたいに誰かに育児や家事を任せられる人だけが、楽しめる場所なんですか？」

店はしんと静まった。すると母親は、赤ん坊を楯にするようにお腹を突き出して、睨みあう男女の間に割って入ってきた。そして、おどけた調子で両手を軽く挙げてみせる。

「みなさん、どうもありがとう！　本当にすみません。すみません。後一貫か二貫ではけますんで。みなさん、素敵な時間を邪魔してすみません」

口ではそう言いつつも、またしても全然悪いと思っていないことがはっきりわかる調子で彼女は角席に突き進み、再びスツールに腰を下ろした。入ってきた時とは別人のように、クマが消えたせいで瞳は生き生きとして、頰はバラ色だった。

「そろそろ締めようかな、干瓢《かんぴょう》巻きってあります？　ピノ・ネロに合うってどこかで聞いたことがあったから、どうだろう。わさびもたっぷりだと、甘さや歯ごたえが引き立って美味しいと思うんですよね。それに熱いお茶もいただけますか」

「ございません。デザートは、パッションフルーツのジャムで作ったクレメダンジュとデザートワイン、エスプレッソを用意しておりますが」

シェフは明らかにびくついていて、今にも消え入りそうな声だった。

「そうですか、だったら、卵焼いてもらえますか？　もちろん、お砂糖はたっぷりでね！　エスプレッソはダブルにしてください。結構合うとおもいます」

シェフがいそいそと準備を始めた。卵の割れる音がする。やがて、油の音と甘い香りが漂い始めた。不意に娘の運動会の朝を思い出した。妻は張り切って豪勢なお弁当を作った。決して応援に来てくれない父親に娘が最後に泣き顔を見せたのはいつだったろう。今の彼女はもうあっさりとしたものだ。ダイエット中だから、と甘い卵焼きも好まない。

「私も卵焼きが食べたい」

と、仁科が言い、他の女たちも口々に同意した。

「私も、私も」

カステラのように均等に焼き目のついた見事な卵焼きだった。女たちに褒められて、シェフはその日初めて、ホッとした笑顔を見せた。小さなカップの取っ手に太い親指を引っ掛けて、母親は赤ん坊のじゃがいもみたいな頭を撫でた。

「ああ、美味しかった。ティニャネロってね、現在二十六代目の当主が、三人の娘たちに支えられて経営しているワイナリーなんですよ。今夜はまさに三人の女性にサポートされて、それにぴったりなワインも選べて、最高の卒乳を迎えられました。ああ、楽しかったな。美味しかったな。皆さん、どうもありがとう。そろそろ育休も終わるし、明日からまたワンオペ、頑張れそうです」

テーブルの会計の時に彼女がマザーズバッグからガサガサと取り出したのは、財布ではなく「御出産御祝」と書かれた大量のご祝儀袋だった。封筒をビリッと破いて、カウンターの上に一万円札をどんどん重ねていく。宣言通り、赤ん坊とともに彼女は忍者のように姿を消した。ひょっとすると、時間にして一時間にも満たなかったのかもしれない。空いた席を見て全員が気付いた。

母親はワインを一本空けたのだ。

母親の言うことは本当で、食事の間、小雨が降っていたらしい。アスファルトは黒々と濡れていて、空気がもったりと重かった。タクシーを呼んだにもかかわらず、送ろうと言う東條の誘いを仁科は断った。

「私、駅まで歩きますから。大丈夫ですよ、二十分くらい。最近、運動不足で」

「え、でも、危険だよ」

東條がびくびくと、それでも食い下がった。タクシーの運転手が、小莫迦にしたようにこちらを見上げているのが気になって仕方がない。

「大丈夫です。私、若いし。美味しかった。ごちそうさまです。コース外のものも頼んじゃって、ごめんなさい」

こちらを哀れむように仁科はそう言った。同時に会計を済ませたらしい二組のカップルが追いつく格好になった。秘書風とホステス風が、まるで女子高生のように仁科を挟んだ。

「え、じゃあ、私、ご一緒しよっかな」

「私も、なんか歩きたい気分。ねえ、どこ住んでるの？」

女たちはそれぞれの美しいふくらはぎを見せつける形で、並んで去って行った。ヒールが濡れたアスファルトに打ち付けられる。

通りの向こうから、小股で早歩きしている、サンバイザーにジャージ姿の初老の女性がやってきた。彼女は真っ直ぐ前を向いたまま、三人の男の前をキビキビと通り抜けていった。

卵焼きの甘い残り香が地下から立ち上ってきて、雨のにおいと溶け合った。向かいのマンションの庭の大きなビワの木が、通りにまで垂れ下がっている。あの赤ん坊の泣き声が降ってきた。その声がする三階のベランダには、取り込み忘れたらしい、キリンのぬいぐるみが濡れそぼって張り付いていた。

立っている者は舅でも使え

緊急事態宣言の解除を待って、私は離婚届を残して息子と一緒に東京の家を出ると、新幹線で地元に帰ってきた。淳《あつし》と別れてもやっていけると確信したのは、感染者数が一旦落ち着いたせいでも、居酒屋をきりもりして女手ひとつで私たち姉妹を育ててくれた母および、シングルマザーの先輩でもある姉が「桃《もも》たちの食べるくらいなら、なんとかなるから」としきりに言ってくれたからでも、ご近所の菊池《きくち》さんの家がおばあちゃん亡き後、空き家になっていて、他県に暮らす長男ご夫婦が私たち母子にタダで住んでもらえたら、むしろ助かると申し出てくれたためでもない。「弁護士　相談　離婚　夫　浮気　コロナ　リモートワーク中」でスマホ検索して真っ先に出てきた渋谷の弁護士事務所に、証拠の音声データを添付したメールを送ったところ、非は全面的に向うにあるのでこちらの要求は通るし慰謝料は相当額期待できると即レスが来たからだ。あれっきり淳からの連絡は無視している。次に会うのはさ来週、弁護士を挟んだ事務所での話し合いの場だ。

先が不安じゃないといえば嘘になるけれど、私はまだ二十九歳である。

ひととおり掃除をし終えたので、窓を開け放ち、網戸を引いて畳にごろりと横たわった。身体を思い切り伸ばしたら、来月で二歳になる縁《えにし》も真似をして、こちらに転がってきた。笑うとほっぺがぷっくり持ち上がるけれど、全体にうっすら筋肉がついて手足の肉の輪が消え始めている。もう明らかに赤ちゃんじゃなくなっているのが、今だけ悲しかった。

遠くに波の音が聞こえたような気もしたが、コンテナトラックの走行音かもしれない。この近くに巨大な物流センターがあり、同級生の多くがそこで働いている。遊泳禁止地区の立て看板で封鎖された海は、ずっと離れた場所にあった。縁のぽこんと前に突き出したお腹に耳をくっつけて目を閉じたら、網戸越しに夏の始まる濃い気配が漂ってきた。こんな時期になると、私は母に姉のお下がりの浴衣《ゆかた》を着つけてもらい、仲間とお祭りに繰り出したものだ。くすぐったそうに笑っている縁もすぐ、私を置いて夜出かけるようになるだろう。

雑巾で拭いたばかりの畳はつやつやと濡れて光っている。この家に住んでいたおばあちゃんは、私と姉をよく気にかけてくれ、ここには何度となく遊びにきた。「サラバンド」というクリームを挟んだ甘いおせんべいみたいなお菓子が必ず出てきた。目の前のこげ茶色の柱についた傷は、私と姉の身長を刻んだものだが、菊池さん兄弟の身長も混じっていてもうわけのわからないことになっている。ここを更地にして売るべきか建て替えるべきか決めかねているという彼らが、交互に家の様子を見に来て泊まっているというのは本当のようで、部屋は片付いていたし、布団や調理道具もそれなりに揃っていた。築六十年の平屋木造だけれど、文句を言ったらバチが当たるだろう。

「えっちゃん、明日はお外に行こうか」

縁をたかいたかいしながら、久しぶりに街に出よう、保育園を探す傍らショッピングモールを散策して、こんな時期だし期待はできないが一応求人を探してみるとしよう、と計画を立て始めていた。接客だったら自信がある。高校を出て上京してから、私は全国展開しているコーヒーチェーン店でずっと働いていて最後は店長を務めた。本社広報部の淳とは、彼が販促物のディスプレイに来た時に知り合った。背がすらっと高くて、最初に目があった瞬間、めっちゃタイプ、と思った。十三歳年上だったけど、話題が若者っぽいせいか、あんまり気にならなかった。父親は創業者の右腕で今は子会社の社長をしているという、完全なるコネ入社だったが、それを恥じる様子もなく、かといって威丈高でもなく、誰にでも当たりがやわらかだった。アルバイト全員にちょうどよく行き渡るような量の珍しいお菓子をしょっちゅう買ってきてくれた。私が妊娠をきっかけに結婚して辞める時には、あからさまにガッカリした顔をする子が何人もいたくらい、誰もが彼を好きだった。

その時、インターホンが鳴った。

　さっき店に出すお惣菜をもってきてくれたばかりの母でも、姉でも、その子どもの六歳の岬《みさき》ちゃんと九歳の陸《りく》ちゃんのどちらでもないはずだ。ここから歩いて五分の実家一階でやっている居酒屋「まみちゃん」は今ちょうどピーク時である。私にとって誤算だったのは、姉の勤め先だった、ショッピングモールに入っているネイルサロンが二週間前とうとう撤退し、彼女が母を手伝い始めたのに加え、営業再開した「まみちゃん」が何故か大繁盛していることだった。自粛期間中にこの辺の小さな飲み屋が軒並み閉店してしまったために、国道沿いでは現在一人勝ち状態らしい。分厚いビニールカーテンを張り巡らしているせいでよりいっそう狭くなった店は、宇宙船の中みたいだった。母と姉は交互に入れ替わりながら、岬ちゃんと陸ちゃんの夕食や寝支度、調理と接客をくるくる回していて、その連携プレイに私の入る隙はなさそうだった。

　身を起こし、玄関に向かいながら、ついにやにや笑ってしまった。こういう展開を、私は高校の頃、姉に借りた大人向けのおしゃれな漫画で何回も読んだことがあるのだ。舞台は大抵こんな日本家屋。都会に疲れてUターンしたヒロインが部屋着にすっぴんで荷ほどきしていると、ふいに大家の親戚だか大家本人を名乗る、頭にタオルを巻いた無精髭の見知らぬイケメンが現れる。つっけんどんで感じが悪いが、日常のあれこれを手助けしてもらううちに、次第に距離が縮まる。並んで縁側で缶ビールを飲みながら互いの過去などぽつぽつと話すうちに、ムズムズと心地よいセクシーな期待が芽生えてきて……。まあ、実際そんなことが起こるわけはないのだが、いくつかの名場面をどうしても思い出してしまう。おまけに戸にはめ込まれたすりガラスに浮かぶ大柄な人影はどう見ても男だった。どちら様ですか、とこちらが問うより早く「僕です」と声がした。もう一生会うことはないと思っていた相手だった。私が戸を引くなり、一足早く、じいじ、と縁が叫んだ。

「お義父さん！」

驚きと怒りがないまぜになって、甲高い声が出てしまった。彼が口を開く前に、「私、帰りません。淳にはそう伝えてください。絶対に離婚しますから。今までお世話になりました。さようなら、お帰りください」

と、先制した。古い博多人形が飾られた靴箱、履きつぶしたサンダルが打ち捨てられた三和土《たたき》を背景にした「元」義父は、いつも以上にグレードが高くみえ、それが余計に腹立たしかった。折り目のないチノパンも襟のきりっと立ち上がったポロシャツも、私が二日前にアイロンをかけたものである。

「いや、そうじゃなくて。桃さんを連れ戻しにきたんじゃないんだ。ご実家に連絡したら、ここで暮らして居ると聞いて」

社会派ドキュメンタリーのナレーションのような渋い声でそう言って、言葉を切った。

「僕がもうあの家に帰りたくない。君たちを傷つけた淳と一緒にやっていける自信がない。喧嘩になって飛び出してきた」

「はあ？　え、なんで？　はい？」

わけがわからなくなって、まじまじと元義父を見つめた。なんだか私よりもずっと疲れた悲しそうな顔をしているのでイラッとした。彼が長期旅行用の愛用トランクを右手にぶらさげていることに気付き、思わず両手で口を覆った。正直なところ、イケメンと言われる淳は母親似で、さらに目を引く外見をしているのがこの元義父なのである。オールバックになでつけた銀髪が、日本人離れした目鼻立ちと四角い額を引き立てている。子会社の社長職を引退後は、自宅で趣味のコーヒー焙煎《ばいせん》ばっかりしている変なじいさんだよ、と淳から聞いていたから、最初に会わせてもらった時、随分イメージと違い、なんだ、この俳優みたいな人、とじろじろ見ないようにするのがやっとだった。同居するうちにすっかり慣れたつもりだが、場所が変わったせいか、急に初期の緊張感がよみがえってきた。

「もしかして、私のことが、す、好きとか？」

今まで読んだどんな漫画にも、義父とのラブストーリーは描かれていない。そんなジャンルはエロとかグロとかそっちだろう。

「そうじゃない。まず、縁とこの先会えないのは寂しいし、淳と一緒に暮らすのは疲れる。今後の人生、冷静に自分の損得だけ考えた時に、桃さんと一緒に生きた方が、面白そうに思えたんだ」

ここまで感情の持って行き場がなくて突っ立っていることしかできなかったが、最後のフレーズと同時に心にドラが鳴り響いた。足元をちょろちょろしている縁の耳を両手でふさぐと、私は存分にわめきちらした。

「なに、それ、アンタ、ふざけんのもいい加減にしろよ！　面白いってなんだよ⁉　こっちは見せもんじゃねえんだよ。どんな気持ちでここまでたどり着いたと思ってんだよ！」

淳とは浮気の証拠を突きつけて以来、口をきいていない。母と姉の前ではわざとヘラヘラ振る舞っている。溜めに溜めていた怒りがたった今、爆発した。

「ああ？　アンタ、何、被害者ヅラしてんだよ！　泣きたいのはこっちだっつってんだよ！」

元義父は口をぽかんと開け、みるみるうちに青くなっている。この三年、猫かぶってきたけど、この街に住んでいる時は限りなくヤンキー寄りのギャルだったのである。

「この親にしてあの息子アリだな！　あんな息子に育ったの、お義父さ……、恭介《きょうすけ》さんのせいじゃねえの？　責任感じているなら一緒に住んで、残りの人生かけて更生させたらいいだろうが‼」

一度口にしてしまったら、もう相手がどう思うかなど気にならなくなってきて、飲み込んできた不満が次から次へと解き放たれていく。

「あいつももう四十過ぎているし、今さら、更生させられる自信は……」

「うるさい。お義母さんがあんなに早く死んじゃったのもなあ、あんたら二人がいっつも横になったままで顎で使ってきたからだろうが！」

縁の顔を見ることもなく、心疾患で亡くなったお義母さんと過ごした期間はごくわずかだが、上品で優しい人だった。地元の友達や職場の仲間たちは、デキ婚で即親と同居なんてハイソな姑《しゅうとめ》に相当いびられるんじゃないの？　と冗談まじりに心配していたが、広い家の手入れや炊事に彼女はいつも忙しそうで、私をいじめる暇などまったくなさそうだった。誰よりも早起きして薄化粧をし、庭の水やり、夫が自分の手でゆっくり淹《い》れるコーヒーに合わせたトーストとハムエッグ、息子の好みの和食を作る。息子を会社に送り出したらポメラニアンのオチャッピーの散歩に買い物、ご近所との付き合いに掃除、夫のためにまた昼食を作り始めて、再び庭の手入れ、掃除、夕食の支度……。正直なところオフィス街の激戦区で店長をしていた時の私より、お義母さんのルーティンの方がよほど大変に見えた。せり出したお腹が邪魔にならないよう工夫して、手を貸してみたら「桃さんが来てから毎日本当に楽になった」とほんのり涙目で喜んでくれた。一連のやりとりを、元義父はオチャッピーを撫で、レコードを聴きながら他人事のようにぼうっと眺めていて、思えば彼に不信感が芽生えたのはこの頃からである。

「頼む、頼みます。ここに置いてください。経済的にも補塡させていただきます」

「やだね!! なにが悲しくて、離婚までして、元ダンの父親の面倒を見なきゃいけねえんだよ!! だいたいオチャッピーはどうなるんだよ! かわいそうじゃん!」

「オチャッピーは淳に任せました! 餌やりと散歩もすべて細かく指示してきました」

元義父はいきなり玄関に土下座したのである。真っ先に思い浮かんだのはお義母さんの笑顔だ。最期まで夫の身の回りのことを気にかけていた。こんな姿を見たらお義母さんが悲しむだろうな、と思ったら、たちまち胸の中に苦いものが広がっていく。こいつも淳と同じじゃないか……。こちらの同情心を刺激し、いつのまにか加害者から被害者にすり変わるのが天才的に上手い。ダメだ、このままじゃ、負けてしまう。

「いやだ!! 帰って!! 絶対やだ! 警察を呼ぶよ!」

私の剣幕に、元義父はますます小さくなったが、しつこく繰り返した。

「なんでもします。家事でも育児でもなんでもします。使用人と思ってこき使ってくれても構わない。ここに置いてください」

「あんな立派な家出て、こんな辺鄙な場所で息子の元嫁と同居? 完全に狂ってる。

恭介さん、あんた頭おかしいよ！　今すぐ出て行けー!!」

元義父が土下座の体勢のまま固まっているので、縁が耳をふさいでいた私をふりほどくと、横で背中を丸めて「じいじ、真似っこ」と騒いだ。私は大きくため息をついた。元義父が慌てて抱き起こすと、縁がきゃっきゃと笑い出したせいで、空気がなあなあになっていった。腹が立ちすぎて何も言えず、私は台所に直行した。お湯を沸かしながら何回か深呼吸をし、大きな音を立ててうがいをした。

元義父は家事をまったくやらない人間だった。音楽鑑賞だのボトルシップ作りだの水彩画だのコーヒーの焙煎だの、役に立たないことばかりして人生の残り時間を潰していた。髪を振り乱して一人で産後を乗り切った私のことは、それはもう善人ヅラで遠くから眺めているばかりだった。ただ、縁のことは可愛がってくれた。もちろん、オムツ替えや汚れ仕事になると素早く姿を消していたけれど、少なくとも淳よりはよっぽど面倒を見てくれてた。だからワンオペ育児でも今日までやってこれたところはある。

母がもってきてくれた南蛮漬けとポテトサラダをプラパックごと、流しの下で忘れられていた古いそうめんを茹でざるのまま、ドラッグストアで掃除用具と一緒に買っておいためんつゆのペットボトルを、テーブルに雑に並べた。昨日までだったら、せめてお惣菜は食器には移し替えたし、七十代の健康を考えてあと一品なにか副菜を作っていたかもしれないが、これからは気を使う必要などない。

「お皿は洗ってください。あ、明日の朝食もお願いしまーす。今から浴槽を洗って、お湯を入れてくださ い。あ、私たちから入りますから」

元義父の顔をまったく見ないでそうめんをすすりながら、私は命令した。こうなったら、向こうが音《ね》をあげて自主的にここを去るまで、使い倒すしかない。彼は皿一枚洗うのにものすごく時間をかけ、おまけにコップを一つ割った。風呂洗いに関しては、いつまでたっても終わらないので、様子を見にいったら、チノパンをまくり上げて真っ白なスネをむき出しに、洗剤でぬるぬるのまま途方にくれていたので、舌打ちして「あー、私がやっから！」と追い払った。彼が私たちの後にお湯を使うと、一番離れた納戸にナフタリンのにおいのする湿った布団と一緒に押し込んだ。老人をいじめている罪悪感には負けてはならぬ。縁の髪に染み付いたひなたの香りを嗅《か》ぎながら、ぎゅっと目をつぶった。元義父とはもともと昨日まで一緒に暮らしていたので、一つ屋根の下でも特に違和感はなく、ぐっすり眠った。

翌日、相当早起きしたらしい元義父がおずおずとテーブルに並べた、おかゆのようなご飯を味がしない味噌汁で流し込み、「あれー、コーヒーもベーコンエッグもトーストも出てこないんですね、なんだかがっかり～」と渾身《こんしん》の嫌味を放った。彼はとても悲しそうに目を伏せ、胃がキリッとしたが、その手には乗らないぞ、とテキパキ命じた。

「今から仕事を探しにいきます。帰りに母の店に寄るかもしれないけど、十四時には戻ります。縁に昼食とおやつを食べさせてください。洗濯と掃除もお願いします。布団も干して。このあたりは今から行くショッピングモールじゃないと、何も揃わないですけど、コンビニみたいな小さいスーパーなら一つだけ近所にあったはず。一応金額だけの領収書をもらってとっといて。わからないことは、母に電話して聞いてください」

私はマスクとビニール手袋をすると、雑草だらけの小さな庭に横倒しになっていた自転車を引き起こして、またがった。車輪が回転すると赤サビが撒き散らされた。タイヤの空気が抜けているせいで、ぜんぜん前に進まない。昨夜は縁も一緒に連れていくつもりでいたが、この二ヶ月というもの近所の買い物と今回の里帰りを除いて、まったく外出していないので、久しぶりの地元でなんでも触りたがる一歳児に目を配りながらサクサク行動できるか自信がなかった。単独で動けるならその方が安全に決まっている。重たいペダルをのろのろ踏んで、右に行ったり左に行ったりしながら、歩いた方が早い、という速度で、私は国道沿いを進んでいった。こうして自転車を漕いでいても、本当の自分はまだ家の中にいるような感じがするというか、脳と身体のチューニングが合っていないような気がする。ゆっくり通り過ぎていく実家の居酒屋を横目で見ながら、本格的にここで暮らすなら免許はとった方がいいな、と思った。姉がかつて岬ちゃんを通わせていたらしい保育園の位置も確認した。園庭にはリンゴを摸《も》した帽子をかぶった、緑と同じくらいの子どもたちが砂だらけでもつれ合っている。

ショッピングモールは客足が戻り始めているのか、そこそこ賑わっていた。そういえば、縁なしで外出するのは彼が生まれてから今日が初めてだった。そう思うと、服でも日用品でも、視界に入るものがなんでも彩り豊かで、目の奥がジンジン鳴るみたいだった。店舗のラインナップに、私が毎日のように時間を潰しに来ていた女子高生の頃の名残りはほとんどない。一つだけ、あの頃のままだったヘアアクセサリーの店がなんだか懐かしくて、自然と足を踏み入れていた。何故か店員の姿はなく、無人のレジにはビニールカーテンが下がっている。千円前後のシュシュやバレッタをじっくり眺めるうちに、こんな時期なのにスタッフ募集の張り紙があることに気付いた。番号はすぐスマホに控えた。半分以上の椅子が片付けられた、がらがらのフードコートで久しぶりにタピオカを飲んだ。冷たいミルクティーは甘く、香り豊かで、氷ももちもちした粒もたっぷりと贅沢に入っていた。最後の一粒を吸い込むと、その場で電話をしてみた。女性店長が早口で言うには、感染を恐れて二人もアルバイトがやめてしまったが、徐々に客も来るようになって人手が足りない、明日すぐにでも面接に来てほしい、とのことだった。なんだか聞き覚えがあるな、と思って確認したら、高校のバスケ部のアヤ先輩だった。桃？　あんた？　戻ってきてんの？　なら、もう合格だよ、履歴書もって明日からおいで、と嬉しそうな声でそう告げられた。モール一階の合鍵屋さんで自転車のタイヤを修理してもらったので、帰り道はまるで氷を滑るような感覚でスイスイ走行した。

例の保育園に寄って、事務室にいた若い男性の保育士さんから話を聞いた。この辺は認可でも比較的入りやすいらしい。でも、登園自粛が明けたばかりでまだ態勢は整わないし、入園申し込みは前々月までに、という決まりがある。今申し込んだとしても入れるとしたら八月以降ではないか、というもっともな説明だった。

仕事が決まった報告も兼ねて、開店前の「まみちゃん」を訪れると、母と姉がお弁当やお惣菜を店頭に並べて売っているところだった。次々にトラックや個人タクシーが駐車場に駐まり、運転席越しに金銭と商品をやりとりして去っていく。こんなことまで始めているのか、と私は感心して、離れた場所からしばらく家族を眺めていた。

「お義父さん、あんたんちにまだいるんだって？　さっき、スーパーの場所を教えてほしいって電話があったよ」

こちらに気付くなり、お惣菜を積み上げる手を止めずに母は言った。

「お母さんが教えたせいでしょ。勘弁してよ。これ、もらってっていい？」

私は近づいていって、目についたきんぴらゴボウとナスとチーズと大葉のはさみ揚げを、百均で買ったばかりのトートバッグに放り込んでいった。

「息子のことを詫びに来ただけかと思ったのよ。まさか、押し掛けて棲みつくなんて思わなかったんだもの」

「まったく何考えてるんだろうね。できるだけいびって、早く追い出すつもりでいるんだけど」

姉が輪ゴムで塩やきそばの入ったプラパックをぱちんと止めながら、

「えー、でもさ、縁ちゃんの面倒見てくれる人がいるだけよくない？」

とのんびり言い、私は口を閉ざした。十三歳の夏休みからどんなに大人に注意されても、なにかしらの彩りが施されていた姉の爪は、今は何も塗られておらず短く整えられていた。

「うちも今、てんてこまいだから、桃を助けてやれないしさ、ありがたいじゃん。手はいくつあったっていいんだし」

自転車を押しながら、私は考えを巡らせていた。確かに、少なくとも八月までは居てくれないと困る。

帰宅すると、元義父と縁は庭で雑草をとりながら遊んでいた。お昼は朝ごはんの残りご飯にしらすと冷凍の枝豆を混ぜたもの、おやつはすりおろしりんごを食べさせたという報告を受けた。部屋はまあまあ片付いていたし、夕食のご飯は多少ましな硬さに近づいていた。YouTubeにもテレビにも頼らず、縁と二人きりで過ごしているのはすごいといえばすごい。とはいえ、夕食に並んだのはスーパーのお惣菜で、私は速攻で皮肉を言ったが、内心めちゃくちゃ助かると思っていた。外から帰ってきたら、ちゃんと食べられる物が用意されていて、縁が元気にしている。それだけでこわばっていた身体の芯がほろっとほどけていくのがわかった。淳は浮気がバレた時に「子どもが生まれてから家に居場所がなくて孤独で辛かった」と切なそうに言い、そういうものなのかな？　と思ったが、やっぱりあいつの暮らし、ものすごい楽だったんじゃん、と私はようやく正気を取り戻した。元義父は菊池家の兄弟どちらかのものらしいオーストラリア土産のTシャツを汗だくにしていて、髪をべったり額に張り付け、絶え間なく動いていた。何をするにも縁にまとわりつかれるせいか、顔が赤くていつも息が荒い。かつての彼を知っている身からすると信じられないダサさだが、そんなことを気にする余裕はないらしい。

「今日は掃除が大変で手が回らなくて、ごめんなさい。明日から料理を勉強します。あ、食後には朝出せなかった、コーヒーもありますんで」

元義父は媚びるような調子で言った。市販のチョコチップクッキーと一緒に出てきたコーヒーは、いい香りが体中を吹き抜け、じんわりとした苦味が細胞に訴えかけてくるような味だった。もともとコーヒーショップで働くくらいだから、私はカフェラテや深煎りブレンドが好きなのだが、そんな自分の好みさえすっかり忘れていた。思わずウッマ、とつぶやくと、元義父は自宅からもってきた小さなミルで豆を挽き、ネルでドリップしたのだと本当に嬉しそうに言った。彼の淹れたコーヒーを飲んだのはそういえば、これが初めてだった。勧められたことも一、二回あったような気もするが、最初に顔を合わせた時はすでに妊娠していたし、ついこの間まで授乳中だったせいでやんわり断ってきたのかもしれない。

「これ、毎回お願いできます?」

そう言ったら、花がほころぶような笑顔をみせるので、この上品な愛嬌に引っ張られまいと、お義母さんにも同じようにしてさしあげたらよかったのにねえ、とへこませることは忘れなかった。縁は空になったミルのハンドルをくるくる回転させながら笑い声をあげていた。

翌日から私はマスクをして自転車でモールに通い、アヤ先輩と距離を保ちながら店頭に立った。同級生が次から次へとやってきた。この辺りではセレブ婚をしたことになっている私が、夫に浮気されて帰ってきたことはすでに有名で、みんな詳細を聞きたくてたまらない様子だった。

私は見世物になることに決めた。ここで働くに至った経緯をビニールカーテン越しにできるだけ面白おかしくテンポよく話した。何度も繰り返すうちにどんどんブラッシュアップされて、一週間も続けるうちにソリッドでミニマムな小話に仕上がり、落語みたいに緩急をつけるのも上手になってきた。淳の浮気を発見したくだりは、一番のしゃべりの腕のみせどころだ。

「自粛期間中も僕は週に何回かはどうしても出社しなきゃいけないから感染リスクが高い、生活を分けよう、なんて言ってたのを、愛と勘違いした私がバカだったんすよねー!!」

もともと一人で子育てしながら義父と淳の面倒まで見ているようなものだったが、家庭内別居が始まってからは、さらに雑務が増えた。使い捨ての紙皿に料理を盛り付け、リモートワーク中だという淳の書斎の前に置いて、ノックだけして立ち去るのが日に三回。年寄りが家にいるので、縁を連れてのオチャッピーの散歩と買い出しは感染予防に神経をすり減らし、へとへとになった。この辺りのディテールは細かく話せば話すほど、その多くが子持ちとなった同級生たちに「わかる」の嵐だった。ここで稲川淳二《いながわじゅんじ》のように目を見開き、スッと声のトーンを落とす。

「……変だなあ、と思ったのが、元夫が毎晩、二十二時を過ぎても誰かと話していることなんですよね……」

Ｚｏｏｍ越しに淳が複数の浮気相手と繰り広げたやりとりはあまりにもえげつなく、縁が成長した時に耳に入ったら可哀想なので曖昧にぼかし、その分ネットで手に入れた小型ボイスレコーダーを仕掛けたくだりを、迫力たっぷりに付け足した。ここまで盛り上がるとどうしてもパンチのあるオチが欲しくなってきて、元義父が押しかけてきて、現在追い出しにかかっていることまで暴露してしまった。やっぱり、脳と身体のチューニングがうまくいっていなくて、どこか他人事感があるせいか、自分をさらけ出すことにまったく抵抗がない。当然のことながら、噂はさらに広まった。

「あなた？　ご主人に浮気されて、お舅さんと一緒にこの街に流れてきたのは」

見ず知らずの中年女性が何人も、話だけ聞きに来たくらいだ。私は顔色一つ変えず、硬そうな髪質のショートパーマの女性にさえ、カチューシャを勧めた。

「ええ、その通りです。私もですが、実家も自営業で大変です。姉と母の店『まみちゃん』も、よろしくお願いしますよ。水キムチとしめ鯖と唐揚げが美味しいんです」

みんな身の上話を聞きに来た後ろめたさから、必ず髪留めを買ってくれた。それは、そのまま私の売り上げになった。女って他人の不幸が好きだよなあ、と淳なら嬉しそうに言うだろうけど、私はそうは思わない。そりゃ面白がっている部分もあるかもしれないけど、同情だって共感だって、その目の奥をよくよく覗き込めば、ちゃんと感じられるのだ。アヤ先輩は「入店一週間で全国売り上げ上位だよ!!　こんな時期にあんたすごいんじゃん。このままだと、正社員にならないかって話、絶対に本社からくるけど、どうする？」と自分のことのように喜んでくれた。私は引き受ける旨、申し出ておいた。アヤ先輩はまだ何も決まっていないというのに、さっそく歓迎会兼就職祝いをしないかと、バスケ部の仲間や同級生、同じフロアのパートさんたちにどんどん声をかけ、大規模な飲み会を企画してくれた。その翌日は淳と弁護士を挟んだ話し合いの予定があるので、あんまり深酔いはできないが、人気チェーン居酒屋の無制限飲み放題プランは俄然、強い魅力を放っていた。

「恭介さん、私、明日、同僚のみんなと飲み会あるんで、縁のお風呂と寝かしつけお願いしますね」

洗濯物の角と角をきっちり合わせて畳んでいる元義父に向かって、猫なで声が出てしまった。認めざるを得ない。ここまでやれたのは、縁の世話や食事の支度を気にせずに働けるからである。約束通り、元義父は光熱費および食費は自腹で補塡している ようだ。もともと素質があるのか、不明点はこまめにググるように指示したせいかはわからないが、掃除に関してはもはや私よりずっと上手なくらいだ。料理は二、三度やってみて独自路線はあきらめたのか、母と姉のところに縁を連れて通い、下ごしらえを手伝いながら、教わるようになった。そのおじいさん離れした見極めの早さには正直、感心させられた。二人の足手まといじゃないか、と危惧したが、元義父が徹底的に下手に出てトイレや排水口の掃除、電球の付け替えまで引き受けたのが評価されたのか、母も姉も野菜の皮むきや筋とりからやらせてみて、簡単な煮物や焼き魚なら作れるように指導してくれた。一緒に作ったおかずをどんどん持ってきてくれるので、食卓はぐっと彩り豊かになったし、当たり前だが実家の味なのでめちゃくちゃ口に合う。どうしてここまで短期間で「やれる子」になったのか不思議だったが、洗濯物に屈《かが》み込む背中を見ているうちに合点がいった。おそらくは彼が必死だからだろう。ここを叩き出されたら人生が終わるとギリギリまで追い詰められて、なにもかも大真面目で、ささいな雑務にも命をかけている。そこには、こんなことになったのは自己責任だから、と歯を食いしばって完全なるアウェイでワンオペ育児をしていた私、店に愚痴を吐きに来た子持ちの同級生たち、亡き義母、幼い日に見た母の横顔、離婚してだった頃の姉、その全員に共通する、死に物狂いの色が浮かんでいた。元義父に情などないつもりだが、このキツさを共有できる相手を、邪険にできるわけがない。

「恭介さんて家事センスあったんですね。全然気付かなかったな」

「いや、もともとは喫茶店のボーイだったからね……」

と、元義父は恥ずかしそうに言い、ネル袋に入った挽き立てのコーヒー粉にお湯を注いでいる。うっとりするような香りを嗅ぎながら、私は首を傾げた。そういえば、店長時代、淳が配布しにきたパンフレットの社史にこんな話が出ていた気がする。全国チェーンのもともとの始まりは、創業者が仲間たち三人と始めた神戸元町の小さなコーヒー屋だと。

「社長やその仲間たちはみんな芦屋のおぼっちゃん大学生でね、学生運動の気運が高まっている時期で、みんなの溜まり場を作りたいという、遊びの延長みたいな気持ちで、彼らの親の金で開いた店だったけど、僕だけは本気だったんだよ。僕は貧乏な生まれで、たまたま彼らに気に入られて、仲間に入れてもらっただけでね。大学なんて行けなくて海っかわでアルバイトを掛け持ちしていた。妹を高校に行かせたかったし、家計を背負っていたから、店を開くからには成功させようと一生懸命アイデアを出したんだよ。豆を輸入しようとか、ジャズをかけようとか、思いついたことは全部すぐに試した。そのうち口コミで人が来るようになって……」

私は内心びっくりしていた。優雅な風貌からてっきり淳同様、何不自由ない生まれの人とばかり思い込んでいたのだ。

「仕事ばかりしていたせいで、家のことはずっと妻まかせだった。退職してからはなんだかぼんやりしてしまって。妻の大変さにも気付かなかった。わからないことがあれば調べればいいし、聞けばいいって、ずっと忘れてたんだな」

そんなイイ声でイイ話風に仕上げてもね、もう手遅れっすよ！　と、いつもなら傷口に塩をねじ込んでやるところだが、私はその日は黙ってコーヒーをすすりながら、彼の思い出話に耳を傾けた。目を上げれば、あの身なりの良い紳士はどこにもいなくて、頭にタオルを巻いた赤ら顔のおじいちゃんが、汚れた茶碗をてきぱき片付け、テーブルを布巾で拭いている。

反対に家事にノータッチとなった私は、この二週間ですっかり若やいだようだ。翌日、仕事が終わった後、休憩室で久しぶりにちゃんとメイクをしてみたら、鏡の中には出産前の可愛い私が、これまでなんの苦労もなかったかのように、頬をピカピカ光らせ、口角をきゅんと上げていたのだ。

居酒屋のお座敷に集合したのは三十人以上の顔見知りや元同級生、いずれも女ばかりだった。みんな私の身を削ったネタを消費したお返しにか、自分が最近体験したことを、面白おかしく話してくれた。相槌を打ちながら、飲み放題のメニューを隅から隅まで眺めた。塩辛いフライドポテトをつまみに飲んだ冷え冷えの山ぶどうサワー、明太チーズいももちの脂を洗い流してくれたすっきりした苦味の緑茶ハイ。涙がでるほど美味しかった。元義父や母による料理だって、自分じゃない誰かが作ったものは全部有難い。でも、チェーン店の感傷が入り込む余地がない力強い味付けは、ここ数年、私の中でずっと眠っていた、ものごとを楽しむ余裕を呼び覚ました。食べかけの皿が容赦なく下げられていくのも小気味が良い。マヨネーズたっぷりのオムそばを冷たいビールで流し込みながら、私はアヤ先輩が繰り出すバスケ部メンバーにだけわかる鉄板ギャグに腹を抱えて笑った。むせるたびに氷いっぱいのウーロンハイで喉をなだめた。

「あれ、みんなは？」

ふと我に返ったら、私は「まみちゃん」のお座敷席の卓につっぷしていた。周りには誰もいない。それどころか、店仕舞いもとうに済んだようで母の姿さえなく、姉が洗い物をしながら呆れた顔でこっちを見ている。

「覚えてないの？　あんた酒乱じゃないの？」

姉がミネラルウォーターのペットボトルとコップを手にこちらにやってきた。聞けば、私はアヤ先輩たちとしこたま酔って、三次会としてここに流れてきた。途中で私が寝落ちしてしまっても、実家だから大丈夫だね、とみんな安心して帰ってしまったのだという。そんな話を聞いてもなお、私はウキウキが収まらず、まだまだ飲む気でいっぱいだったが、いきなり姉が切り出した。

「ねえ、例えばの話として聞いてよ。この店さ、あんたとお義父さんがやるっていうのはどうかな？」

「は？」

「ママがさ、再婚するかもしれないんだよ」

酔いが一気に冷めた。なんだかじわじわと息が苦しく、頭痛もしてきた。

「相手の人もさ、男手一つで子育てしてきた居酒屋やってるおじさんでさ、ここから車で一時間くらいいったところにある観光地でけっこう人気の店なんだって。半年前、リサーチで客としてこの店に来たのが出会いなんだよ。自粛期間中にＺｏｏｍで盛り上がっちゃったみたいでさ。結婚したらあっちを『まみちゃん』二号店に名称変更してママと一緒にやるつもりみたい。で、ここを本店にして、誰かに任せようって話しているんだって」

「へえ、こっちに合わせてくれるのか。イイ人じゃゃん……。おねえちゃんと私でこの店をやるんじゃだめなの？」

「実はさ、私も元同僚が名古屋で新しいサロン始めて、フェイスシールドも導入して、うまくいっているみたいなんだよね。あっちに住んで一緒にやってくれないかって言われてる。私、もともと料理そんな得意じゃないし」

私は細長い店内を見回した。ここを守ろうなんて考えたことはないが、どんな時でも、ここに母がいて食べ物が出てくることが、どれだけ自分の支えになっているか、今気が付いた。

「まあ、まだ全部、アイデア段階だからさ、頭にとめといてよ。私はさ、悪くないと思うよ、お義父さんとあんたのコンビ」

「堪忍してよ。追い出したくて仕方ないのに」

最後の方は小さな声になった。今、元義父が出て行って一番困るのは私である。

「強がらなくていいよ。桃はさ、私と違って、パパにほとんど会ったことないから、お父さんみたいな存在が欲しいんじゃないの？　だからあの人、追い出せないのかなって、ママも言ってた……」

しんみりとした口調に、我が姉ながら、その漫画読みすぎ思考にがっくりした。私が実の父親を思い出すことなど、四年に一回くらいである。

「慕《した》っているとかじゃないから。向こうも同じ！」

「でも、助かってるでしょ？　お互いが必要でしょ？　そんくらいの距離感の方がうまく暮らせるんじゃないのかな」

元義父とこの「まみちゃん」を経営しながら一緒に生きていく――。油で汚れた天井を見上げながら、想像してみて、めちゃくちゃ縁遠くなりそうだな、と思った。飲み会での会話がおぼろげに蘇り始めた。既婚組はそれぞれスマホに保存した推しの芸能人の画像を見せてくれたし、離婚組も出会いがあったとか華やかだったし、独身組は合コンに勤しんでいて、誰もが私はもう次の恋を始めたいと思っている前提で話を振ってくれた。でも、そんな気さらさらなかった。仕事をして、縁を育て、今日みたいに楽しい飲み会が時々できれば、それでいいと思っている。

姉に車で送ってもらい帰宅した後は、どうやって寝床についたのかよく覚えていない。元義父に遠慮がちに揺り動かされて目が開いた。真夏のような強い日差しがただでさえ白っぽい畳を焼いていた。スマホを引き寄せたらもう九時で、血の気が引いた。

「今日、話し合いの日じゃん！　遅れちゃう、弁護士に心証最悪じゃん！」

頭痛と喉の渇きがひどいが、胃のつかえは消えている。縁は私の上にまたがって、ゲロゲロおばけ、と騒いでいる。きっとこの家に着いてから、派手にやらかしたんだろうと思ったら、目の前の元義父に対してさすがに申し訳なくなってきた。

「落ち着いてください。お母さんにもう車をこっちに回してもらいました。駅まで送ります。スーツもそこに吊るしてあります。車の中で身支度すればいい。水分を取った方がいいから、水筒を持っていきましょう」

元義父はいつものように穏やかに言い、私がスーツを着るのを待って、車を出してくれた。少し前まで岬ちゃんが使っていたチャイルドシートが後部座席に設置されていたので、私は暴れる縁をシートベルトできつめに固定した。助手席に落ち着くと、化粧ポーチを取り出しながら、ハンドルを握る元義父に「なんか、ごめんなさい」とペコペコ謝った。水筒の中にはたっぷりの氷と手作りらしいレモン塩水が入っていて、するする身体に入っていく。元義父は前を向いたまま、こう言った。

「謝るのはこっちです。……この間、家の中のことに気付かなかったって言ったけど、あれは嘘です。僕はちゃんと知っていたんです。妻が疲弊していることも、息子が傲《ごう》慢《まん》な性格に育ったことも。ただ、直視するのが面倒だったんです」

いつもなら皮肉を言うところだけれど、今日は具合が悪いのと慌てているのとで、私はうんうん頷くばかりだった。助手席のサンバイザーに取り付けられたバニティミラーを覗き込みながら、八掛けで買ったお店の飾りゴムで髪をまとめ、BBクリームを塗りたくった。新幹線停車駅前で降ろしてもらうと、私はもう一度頭を下げた。

「恭介さん、ほんと、今日はどうもありがとう！　恩にきます！　なる早で帰ります！」

「いい条件で離婚できるよう、お祈りしています。あんな息子で申し訳ありません」

元義父はこれが最後の別れかのように、わざわざ運転席から降りて、ロータリーの雑踏を背に深々と頭を下げた。

離婚が成立したら、あの人とは家族じゃなくなるのか、と気付いたのは、新幹線の自由席に腰を下ろしてからだった。

品川駅で降りてからの乗り継ぎがうまくいったせいで、渋谷駅西口から歩いてすぐの弁護士事務所には随分早く到着して、私はすっかり優位に立った気でいた。初対面の弁護士さんが、私より年齢が一回り上の落ち着いた女性で、淳が現れるまでにしきりに励ましてくれたせいもある。

最近異性といえば急激におじいちゃん化した元義父としか接していないせいか、スーツ姿の淳はやけにパリッとして見えた。彼は犬用キャリーバッグをわざと私から見える場所に置いた。窓越しにオチャッピーがクウンと悲しげに鳴いて、潤んだ瞳でこちらを見つめていた。私は反射的に、上顎を舌でタタッと弾いて、つい機嫌を取るようなことをしてしまう。

「うちに誰もいないからさ。最近はこうやって連れ歩いている」

弁護士さんが話し終わった後で、淳はいきなりそう言った。

「なんにも言い訳にはならないけど……。僕はどっかで桃に甘えてた。桃なら許してくれるって……」

淳はちらりとこちらを窺《うかが》った。共犯の目だった。私もまた、元義父同様、薄々気付いていたのである。言語化はしなかったし、できるだけ考えないようにもしていたが、淳が私と知り合うずっと前から同時に何人もと交際するタイプでそれは生涯変わらないということを。私は頑張った。常に他の存在をうっすら意識しながらも何も気にしていないような顔で、付かず離れずの交際を続け、一番楽な相手であるよう心掛けてきた。淳の浮気相手たちと私は今なお何も変わらない。淳に見つめられただけで、人生をまるごと肯定された気になってしまい、安心したいあまり、自分から連絡をとってしまう彼女たちの思考なら、隅から隅までよくわかる。でも、私は終わりにしたい。淳がなんの悪気もなく始めた女たちのレースから降りて、いい加減、自由になりたい。

「もう一度やりなおしたい。やっぱり、俺には桃しかいない。これからは育児も協力するから」

そう言って淳は父親そっくりのやり方で深々と頭を下げ、キャリーからオチャッピーを出すと、慣れない手つきで抱き上げた。

「ほら、オチャッピー、桃だよ。ずっと淋しがっているんだ」

心なしか毛艶が悪い気がしたし、目に力がない。犬と老人を弱らせてまで、私は一体何がしたいんだろうか。彼の作戦とわかっているのに、全て自分の非である気がしてならなくなった。

「それは、無理。もう、あなたとは暮らせない」

そういうのがやっとだった。淳は下手に出るのはやめたようで、急になじる口調になった。

「縁だけじゃなく、父さんまで取り上げるなんていくらなんでもひどくないか？」

「恭介さんは自由意思でうちに来てる。連れ戻したいなら、淳の好きにしたらいいよ」

「あんな年になってさ、みっともないよな。嫁にのぼせるなんて。昔から何考えているかよくわからなかったけど……」

淳は心底嫌そうに、ぶつぶつ言った。私と恭介さんはそういうんじゃゃ、と言いかけて、私はこの人にもうわかってもらおうとするのをやめた。

「違う。あの人は私といるのが面白いんだって」

今の私に育児と家事が出来る人間が欠かせないように、あの人にも、新しい人生を切り開いていく背中を毎日外に送り出すことが、どうしても必要なのかもしれない。

淳は自分の非は認めるが、とにかく離婚だけはしたくない、心を入れ替えるからこれからの自分を見て欲しいの一点張りだった。来月の話し合いには向こうも弁護士を立てるつもりだという。協議、調停が難しいとなれば、最悪裁判ということもありえる、と脅されたかっこうになった。淳にはお金も人脈もある。弁護士さんは、大丈夫、想定外ですが、こちらの希望は法律上必ず通ります、と断言してくれたが、不安になっていくのが止められない。

弁護士事務所を出て、谷底に位置する駅まで続いている坂道を下りながら、今ここにいない淳にどんどん引っ張られているのがわかった。あっさり応じるものとばかり思っていたので、心が全然追いついていかない。おまけに、淳が私に執着の姿勢を見せているのが、情けないことに、ほんのちょっと嬉しかったりもしたのだ。感染対策が無意味に思えるほどの混雑した南改札を抜けながら、なんでこんな場所で一人でいるんだろうと思った。本当の自分はお義母さんが手入れを欠かさなかったあの邸宅で縁やオチャッピーと一緒に暮らしていて、今の私を遠隔操作しているのではないか――。

久しぶりの渋谷を見て歩くのを楽しみにしていたのだが、山手線ですぐに品川駅に帰ってきた。新幹線チケットを購入したら発車までわずかに時間があったので、なんとなく周囲を見回した。かつて働いていたコーヒーチェーンの看板が目に飛び込んできたのはその時だった。初めて見るその新設のテイクアウト専用店舗に、私は考える間もなく足を踏み入れ、ビニールカーテンで仕切られたカウンターに向かってブレンドMホットを注文していた。

私よりずっと若い女性スタッフが「少々お待ちください。お砂糖ミルクはご入り用ですか」と淀みなく応じ、無駄のないムーブでたちまち出来立てのコーヒーを差し出した。本社広報部は季節の販促物が出来ると、都内大型ターミナル駅の店舗であれば、すべて足を運んで、自分たちの手でディスプレイする。だから、この子と淳が知り合って恋に落ちる可能性もゼロではない。きちんと巻かれた茶色の前髪やほっそりしているのに関節だけが太い指を眺めながら、そんなことを想像した。元妻が自分の父親と暮していることや、オチャッピーの面倒を一人で見ていることまで、全部、モテ要素に変換して彼女の気を引こうとする淳の姿が目に見えるようだった。「ありがとうございました」そう言ってニッコリした彼女は、賢そうだから私みたいにチョロくはないだろうが。

ブレンドの熱いカップを手に、改札を抜けて新幹線に乗り込んだ。

指定された座席に身を沈め、私は蓋《ふた》をとった。ふんわり懐かしいにおいが辺りにひろがり、唇を当てたら火傷するほど熱く、慌てて息を吹きかけた。朝からレモン塩水以外何も胃に入れていないから、熱と苦味が指先にまで広がるようだった。じっくりと味わえば、元義父の淹れてくれるコーヒーに共通する風味がかすかに感じられた。創業者たちは確かに遊び半分だったかもしれないけど、元義父の情熱に引っ張られて、最初の味を守ろうと頑張ったのだろう。手作業によるドリップもいいが、やっぱり、この紙コップで飲む熱すぎるコーヒーが私のホームという気がする。時間をかけてゆっくり飲み干したら、胸のキリキリが落ちついてきた。よく考えたら外で飲むコーヒーは三年ぶりだった。

車窓をすごい速さで流れていく田園風景を眺めているうちに、頭がすっきりしてきた。身体と感覚のちょっとしたズレのようなものがそういえばいつの間にか、消えている。後ろの人に声をかけて、私は背もたれを倒し、手足をうんと伸ばした。今夜のご飯はなんだろうか。

あしみじおじさん

本当なら「MAQUIA」か「VOCE」を読みたかったのだ。

しかし、その池袋駅東口徒歩三分のペンシルビルにある美容外科の待合室は、亜子《あこ》と同世代の女の子たちがソーシャルディスタンスなんて関係なくぎゅうぎゅうに押し込まれていて、マガジンラックに並べてあったらしいめぼしい雑誌は根こそぎ奪われていた。予約したにもかかわらず、すでに十分以上も経過している。誰も文句は言わない。なにしろここは値段が安いことで有名なのだ。自粛要請が出てから、整形が爆発的に流行っていると、ネットニュースで読んだことがある。リモートワーク期間をダウンタイムにあてられるためらしい。

いつもなら、スマホをいじってやり過ごすところだが、京浜東北線と埼京線に揺られている間にシューティングゲームをやりすぎたせいで、このままだと帰りまで充電がもたなそうだ。なんでもいいや、とラックの下部分の棚に屈み込んだら、空色に雲の絵が散った綺麗な箱があった。引っ張り出すと、同じサイズの本がぴっちりと七冊入っていて、どうやら全集というものらしい。適当に引き抜いたら、山とヤギと小さい女の子が描かれた表紙が目に飛び込んだ。「アルプスの少女ハイジ」という、そのタイトルだけは知っている。昔、アニメになっていて有名なこと、それがＣＭでパロディになっていること、くらいしか知識はないが。

高校二年の夏休み、読書感想文のために「沈黙」という超キモい話をウンウンうなりながら読まされて以来、活字はすっかり苦手になっていた。しかし、これは人気イラストレーターによる挿絵もところどころ入っていて、字もちょうどいい大きさで読み易かった。まどろっこしいところはなく、ハイジという女の子がデーテおばさんにアルムに連れてこられ、おじいさんに会う場面からいきなり始まり、話はグイグイ進む。テンポの良い文章の力なのか、おしゃれなイラストのせいなのかはわからないが、山の爽やかな空気やヤギのミルクの甘い香りまで辺りに漂うような気がした。

「内田《うちだ》さん、内田亜子さん。お待たせいたしました」

受付に他人の顔で座っている、ピンクの制服姿の優乃《ゆうの》に名前を呼ばれるまで、亜子はハイジの世界に没頭していた。ヤギのチーズ、夢遊病、白パン、車椅子。頭がぼうっとして、頬が熱を持って重い。壁の時計を見上げると、予約の時間からすでに四十五分を過ぎていた。残すところあと数ページ。自分がこんなに速く本を読めるなんて知らなかった。

「あ、はい、はい。私です」

立ち上がったら膝から本がバサッと落ちて、周囲の視線が集まった。慌てて屈み込んで、本を全集の箱に丁寧に戻した。がんばってね、というように優乃は目配せして、他の患者にはわからないように拳をつくってカウンターの低い位置でかざしてみせた。

同い年の彼女とは生まれた時から一緒だった。もともと優乃は可愛かったけれど、高校卒業式の翌日、このクリニックで二重《ふたえ》幅を広げる手術と下眼瞼《かがんけん》下制術を受けてからは、もはや芸能人みたい。でも、昔からどんなにちやほやされてもお高くとまるということがなく、団地の同じ階に母と二人で暮らす亜子にとても親切だ。

治安が悪いことで知られる地元でも、あの県営団地はとりわけ荒《すさ》んでいることで有名で、住人というだけで、いじめの標的になった。人気者の優乃がいつも隣にいたおかげで、亜子は無事に学校生活を終えることができたのだと思う。お互いに親が夜にならないと帰ってこない上、ドア一枚隔てた先は物騒なので、毎日必ずどちらかの家に行って、亜子の作ったおかずやインスタントラーメンを食べ、肩を寄せ合ってYouTubeを見て過ごした。彼女が整形を勧めてきた時も、まったく意地悪な感じはなく、むしろ思いやりに溢《あふ》れていたから、ここまで足を運ぶことになったのだと思う。

――人中《じんちゆう》短縮術っていう手術で鼻の下を短くするのがいいと思う。亜子、目が綺麗だから、すっごい可愛くなると思うよ。うちの彼氏、めちゃくちゃ腕もいいし、価格も良心的だよ。いきなり決めなくてもいいから。カウンセリングでよく相談してみれば。

優乃は自分の施術を担当したという医院長と付き合っていて、受付の仕事もコネでつかんだそうだ。ここから徒歩で通える場所にマンションまで買ってもらえたという。地元を離れた優乃はとてものびのびしているし、身に付けているものも高そうで、生まれつきなんの苦労も知らないみたいに見える。おじさんが酔って帰ってくる夜、おばさんと一緒に我が家にパジャマのまま逃げてきたあの子と同一人物とは思えない。

優乃の制服と同じ色の壁に挟まれた通路の先にある、カウンセリングルームのドアを押して、亜子はぎょっとした。彼氏というから、せいぜい二十代後半くらいだと思っていたのだ。肌がつるつるして、髪は明るい茶色、大きな目はくっきり二重だけれど、その医院長はどうみても四十代だったのである。亜子がキャスター付きの丸椅子に腰掛けると、彼はにこにこ笑いながら、失礼、と断って、こちらの鼻や唇に熱い指で触れた。横に置かれた観葉植物の葉脈が不自然なほど盛り上がっている。この手が優乃の身体に触れていると思うと背中がざわっとした。そもそも、ドクターと患者の関係が男女にひっくり返るのって、一体いつどのタイミングで何が起きたらそうなるんだろうか。

「鼻の下が短くなるとね、まず、上唇の形がふっくらよく見えますしね。面長な印象が消えて、横顔もすっきりします。うちは傷口が目立たないような独自の手法を使います。鼻の下をざっくり切るというより、唇全体を鼻に引っ張り上げるようにして……」

高校卒業から八ヶ月。コロナ感染拡大でベテランバイトが次々辞めていく中、スーパーのフードコートの焼きそば屋に立ち続け、コツコツ貯めた三十万円を全額整形に使おうと考えた理由は二つある。

同じスーパーに入っているクリーニング店で働く母が、優乃に強く勧められ、一足早くこのクリニックの系列でレーザー治療を受け、首のシワをとったのだ。一体どこにそんなお金があったのかと驚いたのだが、ローンを組んだ、と母は悪びれずに言った。首がすっきりと長くなるなり、鮮魚コーナーのバックヤードで魚をおろしているバツイチの矢田《やだ》さんというおじさんに告白されて、付き合い始めた。別れた父から養育費をもらうこともなく、パートを掛け持ちして亜子を育ててきた母は、娘に冷たいということはないが、常に疲れ切っていて、心ここにあらずだった。小学生の頃から亜子は家事は自分でやっていた。亜子の学費の心配がなくなったせいもあるのだろうが、母はここ数ヶ月、別人のように明るく元気だ。再婚も視野に入れているらしいので、亜子はそろそろ団地を出て、一人で暮らすことを考え始めている。

もう一つ。マスク必須になってから、亜子はちょっとモテるようになった。昔から、同級生男子たちに「口元がゴリラっぽい」とからかわれることが多く、同じ棟に住むヤク中と噂のおじさんに「ブス！」と通りすがりに叫ばれたことさえあった。そのせいですっかり自信をなくし、おしゃれすることさえ面倒で、彼氏もいたためしがない。ところが、顔の下半分が隠れるなり、客から連絡先を聞かれたり、バイト仲間にゴミ出しを代わってもらえたり、お惣菜売り場のスタッフから売れ残りのローストビーフをもらうことが増えたのだ。ちやほやされて嬉しいというよりも、男たちに意地悪されない、とわかっているだけで、ビクビクしなくて済む。ちょっとしたことがすごくスムーズになって、びっくりした。なんで周囲の女の子たちがしきりに可愛くなりたがるのか、やっとわかった。みんなただ、悪意にさらされず、安心して毎日を過ごしたいだけなのだ。

整形には母も大賛成している。それなのに、医院長に鼻の下を触られているうちに、急にお金が惜しくなってきたのだ。三十万円出せばもしかして、アルプスにだってでいけるんじゃないの——？　まさかとは思うが、この心境の変化はさっきハイジを読んだせいなのだろうか。「読書はみんなの生き方を変えてくれますよ」と満足げに言って、善人が拷問される小説を無理やり読ませた国語教師を、亜子は今なお恨んでいるし、そんなのはうそっぱちだと思う。でも、ハイジはしたくないことを頑ななまでにしないのだ。そうかといって超人というわけではなく、環境にストレスを感じたらメンタルを病んだりもする。でも、粘り腰で、友達も自分にとって居心地の良い環境も何一つあきらめなかった結果、全部手に入れる。わがままだとか糾弾されることもない。なのに、亜子はどうして自分の形を変えなければ、幸せになれないのか。亜子はそんなに美に関心がある方でさえない。そもそも、亜子が思う幸せとはなんなのだろうか。

「どうかしましたか？」

亜子がずっとぼんやりしているせいか、医院長は言葉を切り、いかにも優しそうな顔でそう問うた。香水のにおいがガソリンみたいだ。

「ええと、手術の予約なんですが……。ちょっと考えてもいいですか」

こういう反応は慣れているのか、医院長は「どうぞ、どうぞ、本人の気持ちが一番だからね。よく考えて」とニコニコして、引き止められることはなかった。ただ、最後にドアを押しながら、こう釘を刺された。

「内田さんは十八歳でしたよね。もし、手術を決めたら、親御さんの同意書をもらってきてね」

彼は立ち上がってみると、上半身に対して脚だけが異常に長く、これまで見たことがない体型だった。優乃は背が高い人がタイプなので、一応あてはまっているとは言える。

カウンセリングルームを出ると、亜子はハイジの残りをフルスピードで読み終えた。ペーターが車椅子を壊したことが上手く作用してクララはリハビリを頑張るようになり、クララの主治医がハイジの後見人を名乗り出て、万が一おじいさんが死んでも未来永劫、面倒をみてもらえるという保証を得る。全集の名前をメモってから、優乃に目だけで別れを告げ、会計を済ませ、ビルを後に駅に向かった。久しぶりの池袋だからブラブラしてもいいのだが、下手に欲しいものを見つけて無駄使いしたくなかった。

埼京線に乗り込んでから、スマホ検索してがっかりした。亜子が約一時間かけて読み終えた「アルプスの少女ハイジ」は小学三、四年生レベルに合わせて翻訳された簡略版で、内容はかなりカットされているらしい。まあ、読書慣れしていないからあの感じがちょうどいいとも言える。なんでも、あの『世界名作全集あおぞら』は最近発売したばかりで、有名な大学教授が監修し、人気翻訳家やイラストレーターを集結させ、可愛らしさや読みやすさにこだわっているばかりではなく、主人公が女の子の作品のみを集め、古典の持ち味を生かしつつ現代的な要素とやらをクローズアップしているのがウリらしい。クリスマスプレゼント需要が増す今「ママが子どもに買いたい全集　NO．1」としてメディアでもしょっちゅう取り上げられているそうだ。ちょっとネットを見ただけでも、この全集をきっかけに子どもが本好きになったという親の推薦レビューや、女の子だけではなく男の子による読書感想文まで溢れていた。ハイジだけではなく他の六冊も全部面白いそうだ。Amazon で見たら一万円以上するので、借りようかな、とも思ったが、亜子の知る一番近い図書館は隣町にある上、本が盗まれることで有名でほとんど機能していない。

帰宅してすぐに入念に手を洗い、しつこくうがいをすると、冷蔵庫の残り物で焼きそばを二人分作った。一人で食べ終え、母の皿にラップをかけているうちに、充電が完了したスマホに優乃からラインが届いた。手術いつにするか決めた？ と問う内容だった。

『どうしようかな。実はちょっと怖くなってきて。今回はちょっと考えようかな？ 紹介してくれたのにごめんね』

そう返したら、優乃も医院長と同じで、無理強いすることはなく、そっか、だよねー、私も最初決心するのに時間かかったもん、とほがらかに受け止めてくれた。なんだかあの人と夫婦みたいに呼吸ぴったりだ。

『ねえ、待合室にさ、「世界名作全集あおぞら」てあったじゃん。あれ、欲しいなと思って。手術考え中だし、もういっそ買っちゃおうかな？ 一万円とちょっとするんだけど、メルカリでも全然安くなってないし。贅沢かなあ』

『え、あの箱の本？ あんなのが欲しいの？ お金もったいないよ。あげる。あげる』

そんな返事がすぐに来て、亜子は飛び上がった。

『えー、いいの？』

『いいよ。見てると、誰も読んでねえもん。雑誌は受付の子たちで当番制で好きなの買っていいことになってて、いらないと思ったら処分してもいいんだよ。むしろ、もらってくれたら助かる。あれ場所とってるから、なくなれば、もっと雑誌入れられるし。ただ、すんごい重いから、明日ここから亜子んちに着払いで送るけどいい？』

ひとしきりお礼のスタンプを連打した後で、亜子はふと我に返った。

『にしても、なんで美容外科クリニックの待合室に子どもの本があんだろね？』

『知らない。誰かが読まなくなったのを勝手に置いてったんじゃん』

二日後、亜子の家に全集が届いた。誰も読まないというのは本当らしく、ページにも箱にも傷ひとつない。「赤毛のアン」「あしながおじさん」「少女ポリアンナ」「小公女セーラ」「若草物語」「家なき娘」。亜子はバイトの休憩や、ベッドに横たわり眠りに落ちるまでのわずかな時間を使って、夢中で読んだ。

ハイジだけじゃない。評判通り全部ものすごく面白かった。読み終えた後、異様に高まって、なんでもできそうなワクワクした気持ちになれるのはどの本も同じだった。

ある日、バイト先で鉄ベラを使って中華麺をほぐしていたら、亜子はすべての物語に共通点があることに気が付いた。

どの話も貧乏な女の子がお金を持ってる側からサポートを受けている。例外なくみんなそうだ。

例えば、アンはそう裕福という感じではないにせよマシューとマリラという農場主の兄妹に出会い、学校に行かせてもらい、親友ダイアナの裕福なジョセフィーンおばさまのお気に入りになる。「あしながおじさん」のジュディは文字通り大富豪のスポンサーに出会い、孤児院からピックアップ、大学に通わせてもらうだけではなく、あれこれ贅沢品まで買い与えられる。貧しい生まれのポリアンナは疎遠だったお金持ちの叔母さまの世話になるうちに最終的には家族同然の扱いに、セーラは風変わりな隣人の金持ちのおかげでどん底から返り咲き、「若草物語」のジョーはおぼっちゃんのローリーと親しくなると日常のあれこれの世話を焼いてもらい、それどころか、家族を助けてもらったり、妹にピアノまで貰う。「家なき娘」のペリーヌは大工場主のおじいさまと再会するなりトロッコ押しから秘書に昇格、実の孫と判明したらいきなり後継に抜擢だ。

ヒロインたちはあきらかに愛や勇気じゃなくて、お金持ちの手助けによって道を開いている。直接的な融資を受ける場合と、形にはならない価値観のようなものをおすそわけされる場合の二パターンがあるけれど、それがきっかけで人生が好転するのはみんな一緒だ。ネットをみても、そんな感想を持つのは、亜子くらいしかいないようだ。読者層のメインターゲットである子どもたちはアンの想像力やセーラの強さに純粋に感動しているが、綺麗事がゼロなところが信用できるんだけどな、と亜子は思う。

そのくせ、人間の真実を描いているはずの「沈黙」を読んだ時のような陰鬱な気持ちにはならない。何故だろうと考えたら、それは、女の子たちが無理して可愛くなったり、好かれようと努力したりしていないからだ。それなのに必ずお金持ち側が自主的にサポートを申し出る。そこにはどんなからくりやコツがあるのだろう。亜子はもう一度、最初から読み返し、ヒロインたちの行動になにか真似できるところはないか洗い出して、スマホのメモ機能にせっせと書き込んだ。作り話といってはそれまでだけれど、百年くらい残っている名作なのだから、多少は真実も含まれているに違いない。

亜子は三月末の生まれだから、あと四ヶ月は十八歳だ。ならば、まだギリギリ少女といってもいいのではないか。全集に書いてあることが正しいとすれば、少女が何か行動を起こしたら必ずハッピーエンドが待っている。

だったら一日でも早い方がいい。

「えー、なにそれ、パパ活みたいなこと？　絶対だめだよ。そういうの」

優乃はいきなり顔をしかめた。モテるけど潔癖な子だ。あの医院長だって、ちゃんと独身であることを確認してから、交際に踏み切ったらしい。

初めて訪れる優乃のマンションは、優乃と亜子の実家を合わせたよりさらに広く、部屋数も多かった。リビングの窓からはスカイツリーが見える。クリニックの受付の子たちと女子会をやるというので、亜子も声をかけてもらった。会費を払えるか不安だったから、持ち寄りの宅飲みでほっとした。今夜はこのまま泊まる予定で、終電も気にしなくてもいい。亜子が到着した時は、明日が早番だという子はすでに帰っていて、萩野《はぎの》ちゃんという女の子と三人になった。パジャマに着替えて季節限定のいちごの缶チューハイを飲みながら、亜子はこのところ考えていたことを打ち明けた。

「パパ活っていうんじゃなく……。ただ単に身の回りのお世話をするとか、話し相手になるとか。できれば、おじいさんじゃなくておばあさんがいい」

「え。それ、介護職ってこと？　なら研修受けなきゃ。言っとくけど、生半可な気持ちで務まる仕事じゃないよ」

優乃のお母さんは長いこと介護職に就いていて、一度腰を悪くして休職している。

「介護とか家事ヘルパーっていうんじゃなく、その……友達？　みたいな……。まあ、一番良いのが、親が金持ちな女の子の友達とか……」

「ん？　レンタルなんもしない人的な？」

上手く説明できなくて、亜子は黙り込む。自分がいかに甘ったれたことを考えているのか今更ながら恥ずかしくなった。話し相手や住み込みの友達役は少女小説の世界観ではよくある役割なのだが、令和日本が舞台になるとうさんくさくて犯罪者予備軍のにおいがプンプンする。

それに、亜子はマーチおばさんの話し相手のバイトをしていたジョーのように面白いわけでも、貧乏になっても周囲に一目置かれているセーラみたいに明るいわけでもない。さらに、お金を払ってでも、クララの友人役として雇われたハイジのように明るいわけでもない。お金を払ってでも、亜子と友達になりたいという人はたぶんいないだろう。さらに、ジュディやアンのように作家を目指そうとか、明確な目的があるわけでもない。

亜子の願いはたぶん一つなのだ。ただ、静かな場所で衣食住を気にせず何日もゆっくり物事を考えてみたい。これから先のこと、どうなりたいかということ。だって、物心ついてから、亜子にそんな時間は片時もなかった。高校の頃は家事と通学とバイトに追われていたし、今日だってギリギリまで働いていたため、持ってくることができたのはバイト先の残り物の冷めた焼きそばと今川焼き。案の定、誰も手をつけてくれない。

小さな頃から、疲れ切った母を見ているせいか、お金や将来の不安でいつも頭の半分くらいが占められている。この連鎖を断ち切るには、睡眠時間を削ってでも資格の勉強をするべきなのかもしれないが、亜子は八時間立ちっぱなしの後に家事をこなすとヘトヘトで、スマホをいじっているうちに眠りに落ちてしまう。同級生やバイト仲間もだいたいそんな感じだから、こういうものなのかな、と思っていたけれど、あの全集を手に入れてからというもの、この日常を一旦、ストップしなければ、という危機感が募っている。そうでないと、大きな流れに飲み込まれて、遠いところに運ばれて取り返しのつかないことになりそうだ。

「そんな物好きな金持ち、いるわけないじゃん。万が一いたとしても変態のじいさんだよ。だったらさ、整形で可愛くなって、リッチな彼氏つかむ方がよっぽど確実だよ？」

そう言ってくれる、優乃の生き方を否定するつもりは毛頭ない。ただ、リッチな彼氏とやらが出来たとしても、結局この流れは止められないのではないか。経済面では楽になるのかもしれないが、代わりになんのかんのとやることがいっぱい増えそうだ。実際、さっきから優乃は美顔器を頰にあてたり、ストレッチをしたり、亜子たちに出してくれるわけではないので彼氏が来た時のためだろうか、彩りの良い常備菜を作ったり、そうかと思うとクイックルワイパーであちこち掃除をしたり、実家にいた時よりずっと忙しそうである。「あしながおじさん」のジュディも最終的にはリッチな彼氏が出来るけれど、そこに至るまでは楽しそうな大学生活を過ごしていて、自分一人のために使う時間はたっぷりとあったのだ。

「うーん、なくはないと思うけど？」

ずっと黙っていた萩野ちゃんが口を開いた。

「私の叔母さん、最近そんな感じのバイト内緒でやってるよ」

萩野ちゃんはおっとりした同い年の女の子で、叔母さんのマンションに居候しながらこの近くの共学の私大に奨学金で通っている。東北にある実家の味噌醸造元は明治創業の老舗だが、お父さんの代で傾きかけているため、仕送りをもらっておらず、シフトはいつも優乃と同じくらい入っている。しかし、入学以来ほとんどの講義がオンラインで、時々こんな大車輪で暮らしていることがむなしくなるのだそうだ。

「言ったっけ？　私の叔母さん、ファーストクラスのＣＡなの。今、飛行機飛ばなくて暇じゃん？　なんかね、常連さんの紹介で、お金持ちのおばあさんのお世話係をしているの。今、そういう人たち、出歩けなくて退屈してるんだって。ヘルパーとかじゃなくて、なんていうのかな、西武のデパ地下でお弁当を買ってきて昼ごはんを一緒に食べたり、散歩につきあったり、ウーバーとかオンラインショッピングのやり方教えたり、とか。よかったら、紹介しようか？　明日も午前中は家にいるはずだよ」

その日は、遅くまでだらだらおしゃべりしてみんなで昼近くに起きた。亜子は萩野ちゃんと一緒に優乃の家を出た。「また、いつでも泊まりに来て。ほんと、いつでも」と優乃が玄関でそう言った時、なんだかちょっとすがるような雰囲気があった。

萩野ちゃんは優乃が医院長と付き合っていることに気付いているようだったが、並んで山手線沿いを歩きながらも、何らこちらに探りを入れるようなことはなかった。池袋と目白のちょうど真ん中くらいにあるオートロックのマンションの三階を訪ねると、優乃の家よりはずっとこぢんまりとしているが、よく片付いたリビングの真ん中で叔母さんはマッサージチェアに身を委ね、コットンパックしながら首をのけぞらせていた。すっぴんの肌はつるつるだけど、もしかしたら、母より年上かもしれない。萩野ちゃんがマスクしたままの亜子を紹介し、こちらの希望を手短に告げると、彼女はこちらに向かって姿勢を正し、すぐそばにあったメガネをかけて、じろじろ見た。コットンがぽろりぽろりと床に落ちた。

「無理よ、あなたみたいな若い子。まず会ってもらうところまでいけないよ。私だって長年の信頼があった上で、口コミで紹介されたんだから。お金持ちな年配の奥さまのお相手って大変だよ。高島屋の外商が三百万の着物を売りつけに来た時、あなた対応できないでしょ？」

萩野ちゃんの叔母さんは膝を折り曲げてコットンを拾い集めながらそう言った。その所作さえ、なんとなくCAっぽい優雅な感じがした。亜子は大きく息を吸い込んだ。名作少女小説の主人公だったらこんな時、どうする？　正解は——。思いの丈をラップみたいに吐き出せ、だ。アンもハイジも基本的にみんなそうだ。そこまでぶっちゃけるのかよ⁉　というくらい語る語る。

「私の実家は貧乏な母子家庭です。貧乏なのになんでそんな金あるんだよ、と思われるかもしれませんが、この間まで萩野ちゃんの働いてるクリニックで鼻の下を短くする手術を受けるはずだったんです……。でも、クリニックの受付の待ち時間で『アルプスの少女ハイジ』を読んだら、なんで自分を変えなきゃいけないんだろうって、急に疑問を持ったんです。自分を変えるより、場所を変えた方がよくないかなって思って」

「アルプスの少女ハイジのアニメ、好きだったな。私、ど真ん中の世代なの。面白いよね、ハイジ」

叔母さんは少しだけ、表情を和らげたように見えたので、亜子は勢いづいた。

「はい。でも、ハイジが幸せになれたのは、クララと知り合って、お金持ちに気に入られて、一生安心して生きられる保証を得たからだと思います。私みたいな人間だって、運が良ければ、クララに出会えるんじゃないでしょうか?」

傍の萩野ちゃんはあっけにとられているようで、ヤバ、とつぶやいている。

「つまり、お金がある年寄りを騙したいってこと?」

萩野ちゃんの叔母さんは眉をひそめたが、明らかにこちらへの関心を強めている様子だった。

「いいえ。ただ、裕福な人がいる場所に出入りしてるうちに、クララのお医者様みたいに、自主的に私のスポンサーになってくれる人が出てきたらいいな、と。もちろん恋愛がらみとかじゃなくて」

亜子が大真面目に言うと、叔母さんは声をあげて笑い出し、マッサージチェアから立ち上がった。

「まあ、ひとつ方法があるといえば、あるけども――。あ、そうだ、よかったら、チーズフォンデュ食べない？　ハイジハイジいうから、チーズ食べたくなっちゃった。パリから持ち帰ったやつを冷凍しておいたはず……」

ベランダのテーブルに小さな専用鍋を三つ出して、それぞれ数種類のチーズをとかし、パンや温野菜にたっぷりからませながら三人は早めのランチをとった。叔母さんは玲子《れいこ》さんといい、姪同様に経済的に困窮していく実家に頼れなくなって、東京での一人暮らしを維持するため苦労してきたそうだ。

すぐにフードコートのアルバイトを辞めた。そして、玲子さんに教えてもらったさる派遣会社に登録し、希望を告げ、有名な老舗ホテルの宴会場に派遣された。十二月から年始にかけて、亜子は赤坂見附に通い、おじさんがまばらに集っている立食パーティーでせっせと飲み物を配り、空いた皿を素早く片づけた。感染者数が増えて空《す》いているせいもあるが、フードコートの接客に比べるとびっくりするくらい楽だった。お金持ちというのは注文が遅れてもイライラしないし、仕事関係者の前のせいもあるのだろうが、こちらの容姿について口に出して批評することがまったくない。まだまだ続けたいところだったが、すぐに辞めた。大事なのはホテルで働いた、という実績だけなのだ。その間にも、玲子さんはSNSでファーストクラスの常連さんに亜子の情報を広めてくれたらしい。「私が昔から親しくさせていただいているご家族のお嬢さんなんですが、お父様にご不幸があって進学を断念しなければならなくなり、自力で大学に行くためにホテルニューオータニで働きながら貯金をしています。今時めずらしいくらい真面目で、心配りが行き届いた方です」というのが、亜子の紹介文だという。裕福な老人はホテルの名前に大変弱い、というのが玲子さんの言い分だった。

すぐに声が掛かった。一月の半ばから、亜子は渋谷・松濤《しょうとう》にお手伝いさんと一緒に暮らすおばあさんの家に通うことになった。是非会ってみたい、様子を見て長期的に来てもらうこともあるかと思う、という話で、亜子はジョセフィーンおばさまやマーチおばさんを胸に浮かべ、本当にこういうことがあるんだ、と感動でいっぱいになった。その朝は、高一から着ているダッフルコートの中にユニクロのウルトラライトダウンを着ても、まだ寒かった。

「ごめんください。萩野玲子さんからご紹介に与《あずか》りました。内田亜子ともうします」

お年寄りが住むお屋敷というだけで、色々な想像をしていたが、目を見張るような豪邸がひしめく街で、そこは灰色のタイル張りの二階建で松の木と石灯籠が特徴的、というくらいで目立たなかった。期待していたような、蔦《つた》のからまる煉瓦《れんが》造りの古い邸宅というわけでも、CMでちらっと見た映画「パラサイト」に出てくる現代アート美術館みたいな外観というわけでもない。ただ、お隣の家は約三倍の大きさで、高い塀で囲まれた庭にはどうやら水が流れているらしく、チョロチョロ音がして亜子はむしろそっちに気をとられながら、「久本《ひさもと》」という表札の隣のインターホンを押した。

お金持ちはお金持ちだけど、ランクはだいぶ低いお金持ちだよ、政治家の二号さんで昔は日本橋で小さなお店を任されていたけど、その政治家が亡くなってからは世間との接点がなくなって、買い物中毒に陥っている、と玲子さんは言っていた。その意味がほんのちょっとわかった気がする。

門は自動で左右に開いた。どきどきしながら庭を横切ると、六十代くらいのお手伝いさんが出迎えてくれた。玄関はつるつるした大理石で、廊下の幅が民家とは思えないくらい広い。リビングに行くと革張りのソファで、目鼻立ちのくっきりした女の人が、ピクリとも動かないポメラニアンを抱いていた。ちゃんとお化粧をしていて、室内なのに透ける素材のストールを巻いているせいか、おばあさんという感じはまったくしない。久本さんは上から下まで亜子を観察した後で、こう言った。

「さっそくだけど、物置にあるバッグや何やかんや、全部売って欲しいのよね」

亜子は面食らった。それだったら、わざわざ人を雇わなくてもできそうだ。てっきり話し相手を求めているものとばかり思い込んで、この一週間は、何か会話のネタはないかとまとめサイトばかり眺めていたのに。

「ええと、メルカリとかで売るのでいいんでしょうか？」

「なんでもいいわよ。お金に換われば。使わないものがこの家にはたくさんあるの。八木《やぎ》さん、案内してあげて」

八木さんと呼ばれたお手伝いさんに誘われ、亜子は物置というには随分広い角部屋にやってきた。薄暗く、天井の高い位置に小さな窓が一つだけあった。四隅がピシッとした紙袋に入ったままのシャネルやディオール、エルメスなどが山積みになっていて、もったいない、とつぶやきそうになったが、玲子さんの「派遣先では思ったことを口に出すのは厳禁」という言葉を思い出し、なんとか飲み込んだ。ポリアンナもジョーも、お金持ちの前でのびのびとユニークな物言いをして、いつもお世辞しか言われない彼らにかえって気に入られるのだが、今のところ亜子にそんな勇気はなかった。

その日から、せっせと商品を写真に撮り、メルカリにアップし、注文がくれば梱包し、Bunkamura前のコンビニから発送した。大雪で山手線が止まっても遅刻しなかった。三日目にして部屋の床がようやく見えてきて、我ながらよく売った方だとは思うのだが、久本さんは亜子が開設した口座の通帳を眺めながら、不満を隠そうとしなかった。

「たいした額にならないのね。あなたのやり方が悪いんじゃないの」

「申し訳ありません。もっと頑張ります」

亜子はすぐに謝ったが、いつまで経っても、お金持ちならではの豊かな光景とやらに遭遇しないので、気持ちが萎えかけていた。ご飯を一緒にどうぞ、と声をかけられる様子さえないから、お昼はコンビニで荷物を出すついでにシャケとツナのおにぎりを一つずつ買って、物置の片隅に体育座りして食べている。久本さんは売上のことしか気にしている様子がなく、亜子がこれまで団地やバイト先で出会ってきた人たちとさして価値観は変わらないように見えた。もしかして——。亜子はつるつるしたヒョウの置物を見つめながら、ふいに思い至った。ローリーやクララのお金持ちぶりとは、久本さんの比ではないのかもしれない。もっともっとお金持ちでないと、こちらに何かを分けてくれるような優しさは生まれないのかもしれない。彼女の背後に広がる壁一面の窓を眺めていたら、日が落ちて、雪が降り始めたようだ。

「あの、ごめんなさい。奥様、ちょっとよろしいですか」

八木さんの声が後ろでして、亜子は我に返った。

「お隣の家政婦さんが今、玄関にいらしているんです。天馬《てんま》ぼっちゃんの誕生パーティーが今夜なんですが、玄関の雪かきをしてくれる人がいなくて、ぜひ、こちらの方を貸してもらいたいと言うんです」

「まあ、山形《やまがた》家のお願いとあれば、聞かないわけにはいかないわよ」

そういえば、今朝からずっと隣家が騒がしかったのはこのためか。久本さんは頬を上気させ、満面の笑みを浮かべた。お隣とやりとり出来ることが嬉しくてたまらないらしい。亜子もあの大豪邸に出入りできたら、ここでの時間が報われるような気がする。この感染拡大下でよく大勢で集まれるな、とは思ったが、小さな子どものパーティーとなると基準がゆるくなるのかもしれない、と考え直した。

「あなた、このあと空いてる？　だったら、お隣に行って手伝ってあげてちょうだいな。時給はお伝えしておきますね」

上着を羽織り、玄関で待っていた大柄な女性の後に付いて、久本家を出た。山形さんが何をしている家なのかはよくわからなかったが、勝手口から中に入るだけでも、コード入力やら指紋認証やら五段階くらいの解除が必要で、ドアからチラッと見えた台所はステンレスが鏡のように磨き込まれていて、ニューオータニの厨房とそう変わらない設備だった。普段は家政婦さんとコックさんの二人で回しているらしいが、今日は親族・知人含めて三十人以上集まるので、外部からスタッフを五人入れていると聞いて、亜子は驚いた。これでクラスターが発生したらめちゃくちゃ叩かれるんじゃないだろうか。

「正門からエントランスまでの雪かきをお願いできますか？　それが済んだらお勝手口に来て声をかけてくださいね」

家政婦さんはそう言って、男物の長靴とシャベルを手渡してきた。亜子は言われた通りに、靴を履き替え、庭に回った。広々とした日本庭園はすっぽり雪に覆われていたが、あちこちにキャンドルが灯されていて、ちらちら見え隠れする枝葉や花の存在感が浮き立っていた。凍てついた人工の小川と雪をかぶった寒椿が蜜色の光に照らされている。シャベルで雪をせっせと押しのけていると、パーティースタッフらしき揃いの服の男女が左右を行き来していった。しっとり濡れた通り道があらわれる頃には、辺りはすっかり暗くなっていた。いつの間にか玄関ドア横には、検温モニターと足踏み式のアルコール消毒液が設置されている。亜子は家政婦さんに報告しに勝手口へと戻った。

「そこの個室で制服に着替えたら、食器のセッティングをお願いします。本日のお料理はすべてシェ松尾からのケータリングですが、お皿はこちらの家のものを使います。代々受け継がれている高価なものですから絶対に割らないようにね」

「お子さんの誕生会なのに、ずいぶん、豪華なんですね」

うっかり口を滑らしたら、家政婦さんは嫌な顔をした。

「まあ、天馬様は大学一年生ですよ。毎年、おぼっちゃまの誕生日はこんな風に親族や関係者を集めて祝うのが山形家の伝統なんです」

ということは同い年か。亜子は小部屋に通され、コスプレのような黒いワンピースと胸当てつきのエプロンに着替えながら、これからの時間がにわかに楽しみになってきた。少女小説だったら、天馬くんと亜子はこのパーティーの片隅で友情が芽生えることになっている。彼はこの仰々しい集まりに居心地の悪さを覚えていて、広い世界を見たいと密かに願っているのだ。ホテルの宴会業務となんら変わらないので、亜子は厨房と小体育館のような規模の大広間を滞りなく行き来した。ちらほらと来客が現れ始めたらしく、玄関の方がなんとなく賑やかになっている。

「ねえ」

振り向くと、眉毛を変な形に整えた男が立っていた。緑色のセーター姿で手ぶらなのでスタッフではなさそうだ。

「君。ちょっと、マスクとってみてよ」

そういう彼はマスクもせず、こちらににじり寄ってくる。熱い息が額にかかりそうで、咄嗟《とっさ》に亜子は一歩引いた。

「えっ、なんでですか？」

「いいじゃん」

たかがマスクではあるが、命令されて外すとなると、服を脱げ、と言われて従うような気がして抵抗があった。

「は、なんで？　マスクとれって言ってるだけじゃん。変な意味じゃないよ。いいから、とれよ」

　家政婦さんが険しい表情を浮かべ、すごい速さでやってきた。

「こちらが天馬様ですよ。あなた、マスクをおとりなさい」

　ローリーとは似ても似つかない、おじさんぽい雰囲気がある男を前に、しぶしぶと、亜子が両耳からゴムを順に抜くと、天馬はいきなり噴き出した。

「あ、けっこうブスだね。ごめん、ごめん。しまっていいよ」

　家政婦さんまでが申し訳なさそうではあるがうっすら笑みを浮かべている。すべてが不意打ちだったため、目の奥が熱くなってきた。今まで何度となく、赤の他人からこんな言葉を投げかけられ、いつもヘラヘラしてやり過ごしてきた。手元の銀食器に映る自分の目鼻に視線を落としているうちに、だから、ダメだったんだ、と突然、亜子は気付いた。こういう時に、やり返さないから、ダメだったんだ。

　例えば、赤毛のアンは髪をからかってきた男の子を石板でなぐりつけ、それがきっかけで彼に熱烈に恋されてしまう。莫迦にされたら倍返し。それがかえって相手からの敬意や好意を引き出してしまう描写は、名作少女小説だけではなく少女漫画にも異様に多い。自分に噛み付いてくる女の子を「おもしれー女」と、どういうわけか見初めてしまうハイスペック男子たち。誰もが作り事だと貶すけれど、あれは真実を含んでいたのだ。だって、どんな人間だって、侮辱されたのに笑ってごまかす女なんてナメてかかるに決まっている。亜子は心を決めた。どうせ、ここのバイトは一夜限りだし、という思い切りもあった。

「なんで、あなたにそんなこと言われなきゃいけないんですか？」

天馬がビクッと肩を強張らせ、たじろいだのがわかった。

「失礼です。謝ってください」

声を震えないようにするのがやっとだったが、亜子は天馬を正面から睨み付けた。

なんです、あなた、と家政婦さんが呆気にとられたように言った。

「なんだよ、この女。誰が雇ったんだよ！　すぐにクビにしろよ！」

天馬が赤くなってわめくと、たちまち数人のスタッフが飛んできた。

あれ――？　天馬は亜子に恋するか、もしくは見直すはずなんだが。まあ、こんな奴に好かれても迷惑だから、別にいいけど。男性スタッフ二人に乱暴に両腕をつかまれながら、やっぱり本なんてアテにするんじゃなかった、とうなだれかけた、その時だ。

「私、そこから見てた。悪いのは天馬だよ。彼女にしつこくからんだの。みんな、もう行っていいよ」

亜子より少し年上の女の人が周囲を制しながら、大股で割って入ってきた。

「なんだよ、昌美《まさみ》。いつ来たんだよ。相変わらずうっぜーな」

天馬はすねたように唇をとがらせている。昌美と呼ばれた彼女は少しも動じる様子がない。スタッフ達は気にしながらも遠ざかっていく。

「いい加減にしないと、おじいさまに言いつけるわよ。あなた、おじいさまの会社に入るつもりでしょ？　いくら縁故っていっても、素行が悪ければ、配属先も変わってくるかもしれないよ。いきなり僻地採用とか？」

彼がぶつぶつ言いながら、家政婦さんと共に姿を消すと、彼女はこちらに向き直った。

「大丈夫？　ごめんなさいね。いとこは小さい頃から性格が腐りきってるの」

「ありがとうございます。内田亜子です」

昌美という、その背が高い女性に亜子は釘付けになった。優乃のように誰もが振り返るような顔立ちではない。耳のかくれるショートカットで最小限の化粧も色味を抑えている。パーティーだというのになんでもない紺色のニットとパンツ、小粒のダイヤを光らせているだけ。それなのに、その身のこなしや雰囲気だけで、どんな人間であれ、彼女を雑に扱ったりしないことが、亜子にはわかった。小公女セーラがボロを着ててもナメられなかった理由というものが、たった今、わかった気がする。

「あなた、すごく、かっこよかったよ」

少女小説とは間違いなく貧乏な女の子とお金持ちが出会い、利益を得る話だ。しかし、同時に、友達に出会う物語でもあることを亜子はようやく思い出したのである。優乃、萩野ちゃん、玲子さん。亜子がここにくるまでなんの見返りもないのに手を貸してくれた女の人たち。

「なんか、赤毛のアンがギルバートにやり返した時みたいだったよ。あ、例え、古い？」

昌美は笑いかけ、亜子は泣きそうになって懸命に首を横に振ったのだった。

『古典少女小説におけるキリスト教精神に基づいたノブレスオブリージュは現代日本で実践可能か』

博士課程一年の山形昌美が提出した論文は非常に興味深い事例を取り上げていて、遠く離れた席で資料にパンチで穴を開けている彼女そっちのけで、野添正博《のぞえまさひろ》は読みふけっている。

キャンパス内にある厩舎《きゅうしゃ》は有名だが、いななきを久しく聞いていない。窓から見渡せる森は、ここが東京・目白だということを忘れさせてしまうほど鬱蒼《うっそう》としていて、珍しい鳥やリスも数多く生息していると聞く。

二月に入っても学部生の講義はほとんどオンラインのままだが、大学院だけはこうして対面でのディスカッションを再開していた。とはいえ、児童文学科の研究室は、今日も昌美と野添の二人きりである。

「教授。そういえば、あの寮、もう壊すんですって。コンビニにするらしいですよ」

昌美の言葉に野添は目を上げる。森の真ん中にぽつんと立っている築八十年の学生寮は、煉瓦造りの二階建てで蔦がからまり、文化的建造物としての価値も高い。大学創始者の宣教師のアメリカ人女性が、余裕がない学生から優先的に入れるように格安の寮費を設定し、自ら出資して建設したことで知られ、学生数激減で大学の経営が苦しくなってもなお、その伝統は守られていた。しかし、リモート授業が広がった今、地方の学生が上京を控えているため入寮者数が足りず、いよいよ閉鎖に追い込まれているということだった。

「神岡《かみおか》先輩、あそこで暮らしているんですよ。寮がなくなったら、どこに行くんだろう……」

そういえば、博士課程三年の神岡直子《なおこ》はもうずっと姿を見せていない。緊急事態宣言発令中にアルバイト先が休業したためにその期間、借金をして生活していたらしい。今は居酒屋とファミレスのアルバイトの掛け持ちで、研究どころではないそうだ。コロナの影響で困窮する学生への学費免除は、院生は対象外だった。

「こういう非常時にこそ、国が研究をもっと支えるべきですよね」

やれやれといったように眉をひそめる昌美に、野添はかすかな苛立《いらだ》ちを感じた。図書館が休館のため、自腹で資料を買わねばならず、逼迫《ひっぱく》する院生も多い中、祖父が財閥系企業社長である昌美だけは、これまでと変わらないペースで研究に精を出している。オンライン講義のときに、ちらりとパソコンに映り込んだ彼女の自宅マンションは学生の一人暮らしとは思えないほど贅沢で、調度品も金のかかったものばかりだった。

野添は論文を読み終えるなり、はやる気持ちを抑え、声を上擦らせながら質問した。

「いや、素晴らしかった。山形さん、どうやって、ここに出てくる女性を見つけたんですか？」

「先月、いとこの家のパーティーの従業員として知り合いました。事情を聞いて、是非にとお願いして、インタビューさせてもらったんです。もちろん金銭的なお礼はさせていただきました」

その貧しい母子家庭で育った十八歳の女性A子さんは、欧米の名作少女小説は貧困層が富裕層によって救われている共通点があると主張し、次々に職業を変え、名作のメソッドにのっとって行動しながら、金銭的バックアップを求めて東京中を移動しているということだった。野添が心を鷲づかみにされたのはそのきっかけである。彼女はなんと野添が監修した『世界名作全集あおぞら』を読んだことで、自分の将来に危機感を抱いたのだそうだ。

この女子大は国内でも珍しい児童文学専門課程があり、野添はその看板教授である。院生時代は英米文学専攻だったが、社会学的視点で欧米の児童文学を読み解くことに定評があり、長年の友人でもあるここの文学部長からうちで学科を立ち上げてみないかと声をかけられた。

題材がとっつきやすいせいか野添の授業は学生に人気もあり、著作もよく売れている。最近ではテレビやラジオに出演し、児童文学を題材にジェンダーや教育問題を語ることが増えた。古典と呼ばれる少女小説には、性差別問題や暴力、格差をなくすヒントがたくさんちりばめられていると野添は常々主張している。いわば、児童にとってのインフラでライフハックだ。そうした作品が昨今読まれなくなっていると耳にするにつけ、話の輪郭だけでも摑んでもらいたい、との思いが年々強くなっていた。かつては世界中の児童文学を原作とした名作のアニメ枠があり、どんな子どもでも「アルプスの少女ハイジ」や「小公女セーラ」がどんな物語かくらいはだいたい知っていたのだ。気軽にアクセスできる読書体験を、との思いから手にとりやすく、ゲームやYouTubeに慣れた子どもたちにも読みやすい全集を作ろうと決めた。院生たちの協力もあり、去年の初めに発売した『あおぞら』は高価格帯にもかかわらずすでに三十万部を売り上げている。印税はすべて研究費に充てた。昌美も八〜十歳の児童を対象にしたアンケートやリサーチには大いに尽力してくれた。

「彼女に指摘されて気付くことがたくさんありました。そういえば、ハイジがクララのお医者様を後見人にしているとか、ゼーゼマン家から金銭的援助を受けているという点は、見落としがちだったかもしれません」

「そうですね。経済問題は少女小説の核と言ってもいいのかもしれませんよ。ヨーロッパは階級移動は歓迎されないから、ペリーヌとセーラは貧困に陥ることはあっても生まれは富裕層という設定です。でも、カナダのアン、アメリカのジュディは貧しい孤児である出自と向き合いながら自立を試みますね」

ジュニア版では省略されることも多い、遺産相続や金銭問題を残すことを主張したのは野添だった。子ども用に口当たりよく仕上げたコンテンツほど今の子どもは嫌うからね、と忠告してくれたのは、元恋人の女性社会学研究科の教授・西田《にしだ》和美《かずみ》だった。野添が出演するテレビ番組を一緒に見ていたら、和美に「正博ってなんかズルい。研究テーマと性別とその無害な外見で、すっごく得しているわよ。私が同じことを言ったらめちゃくちゃ叩かれるのに」となじられたことがあった。確かに、ほっそりと小柄で年よりずっと老けてみえる野添が、誰もがタイトルだけは知っている児童文学と絡めて穏やかに語ると、老いも若きもすんなりフェミニズムを受け入れる。それが理由というわけでもないだろうが、彼女の方から二年前、別れを切り出された。四十六年間、異性にほとんど縁がなかった人生で、結婚まで考えた相手は、一回り以上年上のシングルマザー、娘どころか孫までいる和美ただ一人だった。

英国の大学に客員教授として呼ばれた時にすぐ引き受けたのは、キャンパスで彼女とすれ違う日常に限界がきていたのに加え、母に次いで、不動産業を営む父が昨年夏に亡くなったためだ。父は横浜中心部に一億八千万円相当の百坪を残し、弟と話し合って売って分けるなり、誰かに貸して収入の取り分を決めるなり好きにしろ、と遺言している。欧米のパンデミックが一向に収まらないので、渡航はのびのびになっていたが、この通り、自分は恵まれている部類だ。それなのに、この一年で次々に辞めていく学生や院生たちに何もしてやれなかったという忸怩《じくじ》たる思いがある。

昌美はこちらの様子にお構いなしに、話を続けた。

「ねえ、聞いてくださいよ。そもそものきっかけが面白いんですよ。彼女、バイト代をはたいて安いクリニックで美容整形を受けようとしたら、その待合室に置いてあった『あおぞら』を読んだんですって。変ですよね、なんでそんな場所にあったんだろ」

マスクをしているのに喉の奥にヒュッと冷たい空気が入ってきて、野添は思い切りむせた。

「その内田亜子さん、実は今、うちのキャンパスの購買部でアルバイトしているんです。私が紹介したんです。感染対策でずっと閉鎖しているうちにアルバイトが残らず辞めて今、人手が足りないんだそうです。時給悪くないし、それこそ、このキャンパスなら『クララ』に出会えそうじゃないですか？」

小中高から持ち上がりの内部生には裕福な学生も多いが、昌美ほどの富裕層はそういないのに、彼女はすっとぼけた物言いをした。咳が止まらなくなっている。野添は顔の下半分を両手で覆い慌てて席を立った。「失礼。ちょっとこのまま外出します」と叫ぶように言い、研究室を後にした。階段を下って、第二研究棟を飛び出す。心臓が鳴っていた。

ジュディがこんなに側にいるとは——。

正門近くの購買部はしんと静まりかえり、レジカウンターにさえ誰もいなかった。しばらく待ったが、それらしい女性は現れなかった。休憩中かもしれないし、会ったところで何と声をかければいいかわからない。野添は逃げるように店を後にした。

大学の正門を出ると、タクシーが一台通り過ぎたが、手を上げずに早足で歩き出した。家業を継がずに学問の道を選んで以来、倹約を心がけている。池袋駅東口近くの細長いビルに到着し、狭いエレベーターが七階で開くと、いきなりピンク色で統一された待合室が広がっている。ソファでは、弟が制服姿の若い女性といちゃついているの最中だった。前に来た時とは違う女性だったが、同じ手術を受けていることはその顔を見れば一目瞭然だった。

「午後の診療は三時からだよ〜ん」

間延びした声で弟は笑い、その目の形がまた変わっていることに、野添はぞっとした。毎朝鏡で見る自分の顔のパーツを全部二倍の大きさにし、ニスを塗ってペカペカ光らせたような顔。ああ、双子の弟を前にするだけで、野添がコツコツ形成してきた自信は消し飛んでしまう。幼い頃から容姿だけは瓜ふたつだったが、弟は出来が悪く、病的なまでに嘘つきだったせいで、両親の愛情は野添に注がれた。その恨みを晴らすかのように、若い頃から彼には金銭トラブルや女性問題が絶えなかった。美容外科クリニックで成功するなり、自分の顔にまでメスを入れた。低価格で患者の整形へのハードルを下げ、ごく軽い気持ちで手術を受けたが最後、今でも十分お綺麗ですが顔全体のバランスを整えましょう、メンテナンスが必要、とあれこれ理由をつけて若年層を整形依存に陥れるとして、ネットでは悪評が広まりはじめている。

「なにやってるんだ？　彼女、十八歳未満じゃないだろうな」

制服姿の女性がそそくさとカウンターの向こうに逃げてしまうと、野添は声を殺してそう言った。こんな人間と兄弟ということが世間にバレたら、積み上げてきたものを一夜にして失うんじゃないかという不安で、時々眠れなくなる。

「ああ、大丈夫、確か十九歳だよ。ちゃんと高校はでてるって言ってたはず。にいちゃん、なんだよ、横浜の土地、やっぱ惜しくなったのかよ。いいよ、俺は別に。うちのクリニックの顧問弁護士を通じてちゃんと話し合おう？」

ニッと笑って立ち上がり、こちらの両肩に手を置いた。そうすると、三年前まで同じ背格好だった彼が自分より十センチは高身長であることがわかり、野添は心底恐怖する。顔ばかりではなく、身長を伸ばすためにありとあらゆる怪しげな手術を受けたこの男に、同じ血がかよっていることを考えたくない。こいつのことだから、ただの遺産配分の取り決めを、骨肉の争いとして面白おかしくマスコミに触れ回るに違いない。野添はもう横浜の土地なんてどうでもいいから、早いところこの男と縁を切り、イギリスに逃げたくてたまらないのだ。深呼吸をして、女性雑誌でいっぱいのマガジンラックに目をやった。

「そうじゃなくて、ええと、その……、このクリニックの待合室に本があったはずなんだ。箱に入った七冊の……」

「え、そんなん、あったっけ？」

「あのデカい箱ですか？　処分しました～」

先ほどの女性が受付越しに、ぶっきらぼうに言った。

帰り道、あの全集を許可なく置いていった日のことを思い出していた。確かコロナ感染が広まる少し前、ちょうど一年前のことだ。池袋のジュンク堂でサイン会の後、開催してくれた書店への感謝の意を込めて『あおぞら』を自腹購入した。ふと思いついて、弟のクリニックを覗いてみる気になったのは、たまたま近所だったというのもあるが、もう先が長くなさそうな父の見舞いにいい加減、来いと催促したかったせいもある。待合室にぎっしり詰め込まれているのは、ほとんど子どもといっていいような女性ばかりだった。彼女たちが自ら進んで男性優位の支配構造に飲み込まれていく――。居ても立ってもいられなくなった野添は、ズカズカ入っていき、全集をラックに置き、弟に会うことはなくその場を立ち去った。受付にたまたま人がいなかったせいもあるが、患者たちは周囲にまったく無関心で、こちらを気にとめる様子はなかった。サイン会で親子連れの読者たちにちやほやされたせいで、野添は尊大になっていた。梶井基次郎の「檸檬」のような知的テロ行為だ、と満足していたし、名作をきっかけに、彼女たちが目を覚ましてくれればいいな、という驕《おご》りもあった。

　大学に帰り、もう一度、購買部に顔を出した。内田亜子とおぼしきアルバイトはレジの中に居た。毛玉だらけのセーターを着た、ひ弱そうな女性で、焦点の定まらない目でぼんやりと突っ立っていた。野添は咄嗟に児童文学科の資料コーナーに行って、学生割引のシールが貼られた『あおぞら』を手にすると、そのままレジカウンターに運び、ドンとのせた。

「あ、これ……」

　亜子は確かに目を見開いたが、それ以上の反応は見せず、

「一万三百五十円になりますが。ええと、包みますか？」

と、早口で言った。会話のきっかけをつかめないまま、野添は重たい全集を抱えて、第二研究棟に帰った。

その日から、野添は昌美にあれこれ提案するようになった。

――○○大学の院とのＺｏｏｍでの交流会がありますよね。内田さんにアシスタントとして声をかけてやってくれませんか。

――うちの大学の奨学金制度、内田さんにそれとなく教えてあげてくれませんか？特別聴講生制度は知ってるかな？

――彼女にブログを始めるように言ってみてくれないですか。自身の体験を書いてみたら、考えもまとまるし、面白いんじゃないですかね。

僕の名は伏せ、あくまでも君の提案として、と付け加えるのは忘れなかった。怪訝そうではありながらも、とりあえず言うがままに従っていた昌美が怒り出すのに時間はかからなかった。

「もう!!　教授が自分で言えばいいじゃないですか！」

野添は何も反論できなかった。購買部のレジに立ち続ける亜子とは顔見知り程度にはなったが、言葉を交わすまでには至っていない。下心があるかと疑われるのが怖いのだ。

「あしながおじさん」はもちろん研究に値する名著だが、孤児のジュディを支援者として見守る……といいつつも最終的にはなんと彼女と結婚してしまうジャービスに対して、野添は複雑な感情がある。実際『あおぞら』に「あしながおじさん」を入れるのはいかがなものか、と院生たちから批判の声もあったのだ。ジャービスはジュディに自分の夢を肩代わりさせたかったが、彼女がいざ作家になった途端に嫉妬心が芽生え、自分の妻にすることで将来を阻んだのではないか、と、昌美は論文で指摘していた。野添はもちろん、自分の願望を若い女性に委ねたいわけではないし、ましてや性的な目で見るなどありえないと思っている。ただ、変な誤解をさせないためにも、なるべく姿を見せず、ほとんど接することなく、彼女がキャンパス内にいる今のうちに、負のサイクルから脱出する糸口を見つけてあげたいだけなのだ。

まずは、昌美を通じて様々な出会いを提供し、人脈を築かせようと思ったが、もともと引っ込み思案の彼女は昌美以外にほとんど心を開こうとしなかった。次に考えたのは、アンやジョーのように文才を育てることだ。なんだったら、自分のバックアップで本を書かせ、作家デビューさせることも可能と思った。しかし、彼女は昌美にしつこくせっつかれてブログを始めたもののたった数日で「書くことなんてなにもない」と、やめてしまった。亜子は真面目だが、ごく平凡な女性だった。何かチャンスを与えれば十倍にして打ち返してくる少女小説のヒロインたちとは違っていた。さらに、慢性的な疲労が、彼女から積極性ややる気というものを奪っていた。

昌美はイライラしたように言った。

「教授は結局、自分の児童文学研究には意義があったって証明したいから、内田さんの人生を利用したいだけなんじゃないですか？　彼女は十分頑張ってますよ。なんでこれ以上、何かしなきゃいけないんですか？」

その言葉は野添にまっすぐ突き刺さった。ぼんやりしたまま、購買部の横の学生食堂でワカメうどんをすすっていたら、コンビニのおにぎり二つと水筒を手にした亜子が、テーブルの向こうに現れた。

「あ、あの、すみません。野添教授ですよね？　山形昌美さんの友人で購買部で働いている者で、内田といいます。店長が、あの人、児童文学科の名物教授だよって言っていたから……、そのう」

彼女が言い淀んだので、野添は慌てて引き継いだ。

「あ、うん、はい、そうです。君のことは、知っています、山形さんの論文に内田さんの話が出てきたんです。前々から話を聞かせて欲しかったんですよ。よかったら、そこに座ってくれませんか」

マスク越しだから表情ははっきりわからないが、亜子はいそいそと向かいに座った。しばらく沈黙が流れ、野添は何と言うべきか散々迷った。意を決したように先に口を開いたのは、亜子だ。

「あの、先生が『あおぞら』を作ったんですよね。私、あの本すごく好きなんです。友達がくれたのをいつも大事に読んでます。それだけ言いたくて……」

「友達……。へえ、そうですか」

てっきりあのクリニックの受付で全部読み終えたのかと思っていたので、意外だった。

「はい。友達のバイト先の病院でハイジだけ読んだんですけど、その友達が他に誰も読まないし、邪魔だし、捨てるっていうから譲ってもらいました。あ、ごめんなさい！」

あの受付の女性のくっきりした目鼻を野添は思い出した。きらびやかな女性誌の数々も蘇り、敗北感を味わった。

「いいですよ。ええと、内田さんは、どの物語がどんな風に気に入ったんですか？」

そう尋ねると、亜子は嬉しそうに、幾つかの作品について素直な感想を述べた。こちらに気を許し始めたのか、彼女はマスクを外して、水筒の蓋に注いだお茶をちびちび飲みながら、こんな話までした。

「その本をくれた友人はすごく現実的なんです。夢みたいなことを考えるより、早くお金持ちの彼氏作った方がいいよ、とか言うんです。実際、彼氏に池袋にマンションも買ってもらって幸せそうだし、全然間違ってはいないと思うんですけど、私は……。なんだか、『あおぞら』の女の子たちが変わらないまま幸せになれるところが、いいなって」

野添はプラスチック箸をテーブルに置いた。ヒロインは変わる必要がない。変わるのは——。変わるべきは——。亜子はきょとんとした顔でおにぎりのセロファンを剝がしながら、こちらを見つめている。

「ちょっと、用事を思い出しました。失礼します」

その日は珍しく、大学前からタクシーを拾うと、弟のクリニックに向かった。待合室は相変わらず患者でいっぱいだった。突っ切る時、例の受付の女性が顔をしかめて「ちょっと、診察中ですよ」と止めてきたが、構わずに診察室をノックした。すぐに白衣の弟が出てきた。背後には不安そうな顔をした女性患者が見えたが、野添ははるか高い位置にある彼の肩をつかみ、精一杯の迫力を出そうと顔の筋肉に意識を集中させた。

「おい、お前が池袋に事務所として去年購入したマンション、あそこに受付の女性を住まわせているんだってな。立派な脱税行為だ。遺産問題で出るところに出た時、困るのはお前の方じゃないのか？」

弟がしんと押し黙った。周囲を気にしながら「六・四でどうかな」とおずおず言うのを、野添は「八・二」と厳しい口調で訂正した。

少女小説とは貧しい少女が富裕層に出会い、サポートを受ける物語だ、と亜子は読み解く。しかし、変わるのは少女ではない。いつだって富裕層側だ。彼らは自らの特権に気が付き、持たざる者と分け合う大切さに気づく。名作のメソッドにのっとるなら、亜子ではなく、変わるべきは自分だ。

講堂に入る学生を三回に分けた、入れ替え制の卒業式がせわしなく終わった夕方、研究室で野添は昌美におずおず打ち明けた。

「実はまとまった金が入ったんで、あの寮を買い取ることにしたんです」

昌美はびっくりしたように、ファージョンの原書から顔を上げた。

「この大学にはお世話になったから、恩を返したいという気持ちもあります。それ以外に、もう一つ。内田亜子さんにあの寮のオーナー兼住み込みの寮長になってもらおうと思うんです。もちろん、維持費や管理費も補填する予定です。まだまだ入寮者数も以前のように戻らないだろうし、当面はやることもないだろうから、彼女も先のことを考えず、ゆっくり休む時間ができるでしょう。少なくとも、これで、彼女の一生の住まいと仕事は確保できます。この環境なら学ぶ意欲も湧いてくるかもしれない。そこで山形さんに相談なんですが、財閥の一族として、僕が彼女にどういう風に資産を譲渡するべきかアドバイスをもらいたくて……」

　昌美の顔に見る見るうちに笑みが広がった。立ち上がると、いきなりこちらの手をぎゅっと握った。あまりにも恵まれているため、傲慢に見えることも多いが、実のところ、昌美は稀にみるほど面倒見がいい女性だ。噂によれば、退寮を迫られた神岡直子は今、昌美のマンションに居候しているらしい。さらに、自宅の家事手伝いを内田亜子に頼んで高いバイト代を払っているらしいが、その実、仕事させることはほとんどなく、三人で料理をしたり、おしゃべりしているだけ、と耳にした。

「そういうことなら、任せてください！　祖父の会社の顧問弁護士をいくらでも紹介できます」

「それで、その、僕はその……。贈り主として正体を明かさずに、来月イギリスに旅立とう、と思うんですが」

　野添がもそもそと言うと、昌美はうんざりした表情を浮かべた。

「そういうの、よくないですよ。キモいと思われたくないんでしょうが、その気遣いが、かえってキモいですよ」

　昌美は机をテキパキと片付け、ふんわり軽そうだが暖かいことがはっきりわかる藍色のコートを羽織った。

「私『あしながおじさん』の何が嫌って、ジャービスとジュディが結婚しちゃうところよりも、そこなんです」

「え？」

野添は思わず聞き返しながら、自分もつられて着古したジャケットに腕を通した。

「正体を知らせずに女の子を援助なんて、一見謙虚っぽいけど、人間対人間として向き合ってなくないですか？　女の子を利用した単なるおじさんの自己満ですよ。ジュディを不安がらせて、いろいろ気を遣わせて、彼女の大事な時間を奪ってるじゃないですか。教授は今すぐ、亜子さんに名を名乗り、寮を譲渡すること、なんでそう思うに至ったかを、目を見てちゃんと告げるべきです」

「……購買部、まだしまってないですよね？」

第二研究棟を出ると、夕暮れの車寄せに昌美と野添の影が大きく伸びた。日差しの角度のせいもあるが、長身の昌美の方がずっと遠くまで伸び、隣の野添のそれはまるで子どものように小さかった。あの小説の書き出しみたい、と昌美がなんでもない調子で言った。

野添は彼女より早く、購買部の半分降りかけたシャッターを身をかがめてくぐり抜けた。

アパート一階はカフェー

一九三一年三月九日（月曜日）

開店二日目。その日一番乗りの客は、チョマ子ちゃんだった。彼女の顔を見るのは、なんだか久しぶりである。

チリンという真鍮《しんちゅう》のベルの音とともにドアが開くと、すっかり緩み始めた空気が彼女と一緒に店内に吹き込んできた。それは今朝、窓を開けた時、嗅いだものと同じだった。中庭の木々がそよぎ、土と緑のあまいにおいが私の部屋がある四階までふわっと立ち上ってきて、ああ、ここに住み始めて、最初の春が来たんだなと、目を細めたのだった。

アパートメントは神殿風の中庭を取り巻く凹形だ。通りに面したこのカフェーはちょうど庭の反対側に位置している。横に連なるのは日用品店、美容室、食料品店、どういうわけか葬儀屋まであって、人生で必要なものはこの一階で全部揃う仕組みになっていた。

「こりゃ大変だ。こりゃ大変だ」

つぶやきながら、チョマ子ちゃんはモジャモジャ頭のまま、半分寝巻きみたいな様子で飛び込んできて、春日《かすが》通りを望む窓際の席にどしんと腰を下ろした。接客担当の悦子《えつこ》ちゃんがさっそくメモ帳とえんぴつを手に、注文を取りに行き、

「珈琲《コーヒー》でいいですか？　ゆで卵もいかがですか？」

と、チョマ子ちゃんにたずねたが、いつまでたっても返事がかえってこないので、

「ねえ、今日はどこにも行かないの？」

と、普段のままの口調に戻した。

まったく聞こえていないのか、彼女の視線はずっと窓の外にあった。東京・神田界隈に向かっていく市電がガラス窓の外を通り過ぎる。アパートメントのすぐ前に「文理科大学前」停留場があるのはありがたい。帰りが遅くなった時に危険な夜道を歩かなくてすむ。と同時に、ギリギリまで寝ているチョマ子ちゃんのような輩が、走り出そうとする電車を追いかけて飛び乗る姿が、毎朝おなじみの風景になっていた。

関東大震災後、都市開発事業に積極的に取り組んでいた同潤会が昨年建設したこの大塚女子アパートメントは、われわれ働く独身女性にとってこれ以上ないほど快適な暮らしを約束してくれる。なにしろ鉄筋コンクリート造りの五階建て、早朝から夜まで稼働しているレストランばりの食堂、エレベーター、水洗トイレ、共同浴場、シャワールームなど最新設備が整っているばかりではなく、食堂と応接室以外は男子禁制

なのだ。世間からの注目度は高く、完成からたった十ヶ月のあいだだけで、雑誌や新聞で取りあげられた回数は数えたらきりがない。そのせいもあって、全百五十三室は満室で、入居希望者が列を成している。

チリンとドアベルが鳴り、チョマ子ちゃんは肩をびくっといからせたが、住人の熱《あつ》田《た》さんと素川《もとかわ》さんが入ってきたのを見て、大げさに胸をなでおろし、会釈《えしやく》をした。熱田さんと素川さんはそれを無視して、私たちの前をそっけなく通り過ぎる時に「珈琲」とそれぞれつぶやいて、隅の目立たない席に向かい合って座り、鞄から取り出した原稿や写真をテーブルに広げていった。断髪で洋装の似合う素川さんとおっとり令嬢然とした熱田さんは、他の住人と積極的に交流しようとしない。雑誌「女人芸術《によにん》」編集部という職場も同じ、アパートメントの部屋も隣同士というこの二人は、いつもおでこをくっつけあうようにしてヒソヒソ話をしている。素川さんにはかつて警察のやっかいになったという噂もあり、彼女たちは社会革命でも計画しているのではないか、とみんな噂しあっていた。でも、私は大好きな林芙美子《はやしふみこ》先生がまだ無名だった頃から「放浪記」を連載していた「女人芸術」に絶大な信頼を置いているので、こうして二人が店に姿を見せてくれるだけでも、嬉しかった。

三度目のベルが鳴った。ドアが開いて、近所のパン屋の見習い、多田《ただ》くんが焼きたての角食パンを一本、配達にやってきた。ミルクと小麦粉のかおりの湯気がほかほかと漂う。咲子《さきこ》さんがお金を支払っても、彼はなかなか帰ろうとしなかった。カウンターに大きな身体をもたせかけ、昨日と同じことを繰り返す。

「あのう、なにかあったら、いつでも言ってくださいね。女性だけの喫茶店なんて、変な連中に目をつけられて、大変でしょうから。ちょくちょく様子を見に来ますよ。あなたがたが心配ですからね」

多田くんは私に憧れているのではないか、というのがもっぱらの噂だが、そんなことよりも、いつも唾を飛ばしておしゃべりに夢中の彼が、注文を取り間違えないか、ということにヒヤヒヤして仕方がない。

「ご親切にどうもありがとう。頼りにしているわ」

私がニッコリ微笑んで、彼をなんとか追い出すと、再び店に調和が訪れた。

二人掛けのテーブル席五つとカウンターだけの小さな店だけれど、黒光りする床と曇り一つないガラス窓は、私たちが早起きして磨き上げたものだ。調度品にはいずれも質が良い木材が使われている。電信設備の製造所勤務の203号室の貞子《さだこ》さんのおかげで、超高級品の冷蔵庫も格安で手にいれることができた。壁にかかった風景画は402号室に住む、芸術家の直子《なおこ》さんがわざわざ箱根にスケッチ旅行までして描いてくれた開店祝いだ。

日曜日だったせいもあり、昨日はこんな風に、ゆっくりと店内を見渡す余裕などなかった。

「あ、来たーっ」

いきなり甲高い声でそう叫ぶとチョマ子ちゃんは立ち上がり、私と咲子さんが居るカウンターの内側まで走ってきて、身を低くかがめた。チリンとベルが鳴って、ドアが開いた。探るような目つきで入ってきたのは、勤め人ではなさそうな少し荒んだ風貌の男二人組だった。彼らはまず、入り口すぐの場所に置かれた、大きな平鉢に寄せ植えされた三色の薔薇《ばら》に目をくれた。ほんの一瞬だけ、彼らに緊張が走ったのが伝わってきた。そこに刺さった「祝御開店　菊池寛」という木の札は、女三人だけで切り盛りしているカフェーにおいて、凶暴な番犬のような抑止力があった。そのせいか、私たちにふらちな誘いをかける連中は少なかった。

「まったく男子禁制のアパートとはかっこうの隠れ蓑《みの》だよな」

「ああ、今日はここで一日中張り込んで、出入りを見張るしかない」

そんなことを聞こえよがしに言いながら、二人はチョマ子ちゃんがさっきまで座っていた席に向かいあって腰を下ろした。私は熱田さんと素川さんのために珈琲ミルの取っ手を回し、ネル布の上に挽いた豆を載せた。お湯を細く注ぎながら、ちらりと視線を走らせた。ゴシップ記者だな、と判断した。こういう男たちの扱いなら、私はもう慣れたものだ。昨日だけでも、

――ここのアパートに住んでいる女性たちってどんな感じですか。この店には来るの？

――欲求不満を溜め込んだヒステリー集団なんじゃないんですか？

と、聞き込みにくる記者や冷やかしの男子学生たちがあとを絶たなかったのだ。おかげで本来、客層に想定していたアパートメントの住人たちが気後れして入店できないほどだった。

――なんだか、異常じゃないかな。男なしで暮らしていける女たちなんて！　世も末だよ！

と真っ青になって叫んでいる男までいて、じゃあ、なんでこんなところにまでわざわざ足を運ぶのだろう、と私は、せっせとパンの耳を切り落としながら、あきれていたのである。

――あら、そうなんですか？　でも、私たち、ここの上にお住まいの方たちのことは本当に何も知らないんですよねえ。

悦子ちゃんがお盆を胸に抱いて、小首を傾げるたびに、笑いをこらえるのに必死だった。日本橋のデパートでエレベーターガールをしていた悦子ちゃんは身のこなしが洗練されているばかりではなく、客あしらいが抜群にうまい。男たちは悦子ちゃんやレジスター係の咲子さんはもちろんのこと、いかにも地味な雰囲気の私までが、この流行最先端のアパートメントの住人だとは思い至らないみたいだった。

　でも、住人を一目見ようと、あわよくば交流しようと、連中が珈琲を何杯も飲んで粘ってくれるおかげで、初日の売り上げは、かつての私のサラリー二ヶ月ぶんに相当した。一番年上で慎重派の咲子さんでさえ、こんなに上手くいくならもう退職しようかしら、と興奮していたくらいだ。私たち三人のうち、彼女だけは築地の貿易食品会社の経理部にまだ籍を置いている。今週いっぱいは休暇という扱いにしているそうだ。

「もしかして、どなたかお探しですか？」

　悦子ちゃんは二人組に注文をとりながら、しらばっくれた調子で尋ねた。男の一人が怒鳴った。

「古川丁《ふるかわと》未子《みこ》という女を探しているんだ！　知らないか⁉」

　私のエプロンの紐をチョマ子ちゃんがぎゅっとひっぱったせいで、おへその周りが締め付けられた。

「そうですねえ。彼女でしたら、今日は勤め先の文藝春秋社に……」

と言いかけたが、もう一人の男が乱暴に遮った。

「社に電話をしたら、とっくに退職届を出し、送別会まで済んだと聞いたんだ！」

　そんな話は初耳で、思わずチョマ子ちゃんのつむじを見下ろした。

「そんなことないですよ。さっき出社しましたよ。私は彼女の同僚の石井ともうします」

凛《りん》とした低い声がした。入り口のところに編集者の石井桃子《いしいももこ》さんが立っている。男たちの声が大きいせいで、ドアベルの音が聞こえなかったようだ。石井さんはトレードマークの丸眼鏡を光らせ、いつものような淡々とした調子で、カウンター席に座った。

彼女は住人ではないけれど、文藝春秋社に勤める女性たちがここに何人も入居しているせいで、よく出入りしている。校了日前は泊まっていくことも多い。落ち着いた態度と豊富な知識で、住人たちから一目置かれている石井さんは、職場は同じでも、おっちょこちょいなチヨマ子ちゃんとは正反対のタイプといってもいい。

「早く行かないと、彼女、すぐに外出してしまいますよ。なにしろ、古川さんは、『婦人サロン』の人気記者でして、たくさんの取材を抱えているものですから」

石井さんに急かされたかっこうになった男たちは結局なにも注文しないまま、店を後にした。彼らが市電に乗り込むのを見計らって、チヨマ子ちゃんが上半身を起こした。ようやくカウンターから外に出て、うーん、背伸びをしてみせる。ブラウスがまくれておへそが見えた。真っ白な腕の内側がまぶしい。手足が伸びやかですらりとした体型の彼女はちゃんとお洒落しさえすれば、誰もが振り返るモダンガールなのだ。

「ああ、助かった。みんな、どうもありがとう。石井さんもどうも。あなたこそ、会社いかなくていいの？」

「ええ。この近くに作家がいて、原稿を取りに来たのよ。これから出社するところ。その前にせっかくなら珈琲を、と思って。トーストもいただけるかしら」

私がミルの取っ手を回し豆をガリガリと挽き始めると、香ばしいかおりが辺りに広がった。チョマ子ちゃんが「わあ、美味しそう。私もいただくわ」と鼻をうごめかせている。いつまで経っても、なんの釈明もしようとしないので、私はしびれを切らして、

「さっきの人たちだあれ？　あなた、何かやらかしたの？　あと、会社辞めちゃうの？」

と、尋ねてしまった。チョマ子ちゃんはやっと思い出したようにまくしたて始めた。

「あなたにはまだ言ってなかったわね。実は私、来月、結婚するの。会社はもう辞めたの。このアパートもすぐ引き払うわ。なにしろ、相手が有名人だから、このところ、毎日記者から追われてて、もう大変なの！　彼と一秒でも長く一緒にいたいけど、ここはいい隠れ場所だから、時々は帰ってきているのよ」

頰を両手で抑え、おびえたように目を見開きながらも、ワクワクしている感じを隠そうとしていない。

「チョマ子ちゃんが？　結婚？　誰と？」

石井さんの隣に腰掛けた彼女を、私は正面から見つめた。

「谷崎潤一郎《たにざきじゅんいちろう》先生」

チョマ子ちゃんが胸を張るので、笑ってしまった。

「なに莫迦いってんのよ」

たちまち、彼女は頬をふくらませたが、その顔もおかしくて、私はクスクス笑い続けた。ところが。

「え、もしかして、あなた、新聞に目を通してないの？　今月号の『婦人世界』まだ読んでないの？　すごい騒ぎになってるじゃない？」

熱田さんたちのテーブルから戻ってきた悦子ちゃんが、私にお盆を差し出しながら、そう言った。咲子さんの方を振り向くと、彼女も小さく頷いた。石井さんは真顔である。この一ヶ月間は、退職や開店準備でバタバタしていて、寝る暇もないほどで、新聞や雑誌のゴシップ欄を読むどころではなかったのだ。熱田さんや素川さんまでが遠くから私をじっと見ている。どうやら、周知の事実らしい。

悪魔的作風で今をときめく超有名作家とチョマ子ちゃんが結びつかず、私は目をしばたたかせた。

「谷崎潤一郎ってあの谷崎潤一郎？」

「そうよ。よければ『婦人世界』貸してあげようか？　自分からあまりこの話はしたくないんだけど、あの時は、女性の記者だから特別にオーケーしたのよ。そこの中庭で写真までとらせてあげたんだから。実は谷崎先生と私は、大阪府女子専門学校に通っているころからお友達だったの。就職のお世話もしてくれて、娘同然にかわいがってくれたわ。お慕いはしていたけど、もちろん何もなかった。だって、彼、あの時は奥様がいたでしょう？」

さっきは逃げ回っていたくせに、いざ、私たちだけを前にするとチョマ子ちゃんは自慢する気まんまんである。頬がさくらんぼみたいにピカピカしていて、全身から明るい気力を発散していた。そんな彼女を独り占めできる谷崎先生とやらに、私はふと嫉妬めいたものを覚えてしまう。

それに、チョマ子ちゃん自身の下した決定となると、私は立場上、あんまりずけずけしたことがいえない。私たちには大きな恩がある。このカフェーは彼女なくして誕生していなかったのだから。

大塚女子アパートメントは、働く女性を家事から解放するために考え抜かれた設計のため、各部屋には小さなガスコンロがひとつしかない。もちろん、食堂ではオムライスでもカレーでもカツ丼でも色々出てくるし、どれも美味しい。頼めば部屋まで運んでさえくれる。でも、お料理しなくていいのは楽だけれど、まったくお料理できないとなると話は別だ。住人たちはすぐ不満を述べるようになった。

──食堂のメニューだけじゃ飽きちゃうわ。お茶漬けとか軽い小鉢で済ませたい時もあるもの。

──頼んだらちょっとしたまかないを融通してくれるような、遅くまで開いているお店があればいいのに。

──仕事の打ち合わせにも使える場所になればもっといいわよね。ボーイフレンドと話し込んだりもしたいし。

──毎日とびきり美味しい珈琲が飲めたらどんなにいいかしらねえ。

そんな会話が屋上で繰り広げられるようになった。このアパートメントの唯一の欠点は、日当たりの良し悪しが部屋によってまちまちなことである。だから、ガラス張りの広々とした最上階のサンルームは、平等に陽だまりを享受できる貴重な空間で、溜まり場になっていた。中央にはピンポン台が置かれていて、スポーツガールは汗を流すこともできるし、園芸が好きな人は、自分で鉢植えを持ち込んで育てることも可能だ。私たちが住み始めてから一ヶ月たらずで、草花で溢れ、外のパーゴラには藤のつるが這《は》い、楽園のような風景になっていた。

「それじゃあ、私が一階にある貸店舗のひとつを借りて、みんなに融通の利く、お店を始めようかしらねえ」

私がふと思いつきで言ってみたら、東京中の光を集めたみたいなサンルームで、おのおのくつろいでいた女たちは、それをはねのけるほどに瞳を輝かせたのだ。

私の実家は、故郷の岡山で食堂をやっていて、父亡き後は祖母と母が切り盛りしている。接客や飲食の呼吸なら、幼いうちから身についているし、料理は大の得意だ。いずれは店を継いでもいいと考えていたくらいだ。それに、丸の内の製鉄会社にタイピストとして二年間勤めてみてわかったのだが、花婿《はなむこ》探しには最適とされる、将来有望な男性ばかりの職場よりも、ここのアパートメントの住人たちとつるんでいる方が断然面白い。教師、公務員、電話交換手、女優、編集者、芸術家、女給……。最先端の職業につく彼女たちは、それぞれ人脈も情報もたっぷり持っていて、少し雑談しているだけで、モヤモヤと胸にくすぶっていた願望をすぐに実行可能なアイデアへと変貌させてくれるのだから、小気味いいといったらない。

みんなたちまちこの計画に飛びついた。あなたがやるなら共同経営者になりたい、とほぼ同時に声をあげたのが、悦子ちゃんと咲子さんである。その頃、悦子ちゃんは勤め先で男性客に身体を触られ続けたせいで体調を崩し、故郷に帰ろうと思い詰めていた。三十歳の咲子さんもまた、同僚にオールド・ミス扱いされ、毎日のようにからかわれることにうんざりしていたのだ。さらに頼もしいことに、我こそは、とカンパを申し出る声もあとを絶たなかった。なにしろ、大塚女子アパートメントの住人はみんな高給取りで、月給五十円以上が入居の条件なのである。私も貯金ならそれなりにあった。しかし、その時、チョマ子ちゃんが挙手して、こう言いだした。

——身銭を切るなんてもったいないよ。私の会社の社長の菊池寛さんなら出資してくれると思う。だって、お金がうなるほどあって、めずらしもの好きなんだもの。私、その人とお友達みたいに仲良しなの。話すだけ話してみていい？

文藝春秋社の「婦人サロン」で記者見習いをしているチョマ子ちゃんは、いい加減な面はあるが、とにかく元気で華があり、老若男女問わず人に好かれる天才だ。社長と仲良しと言われても、私たちは大いに納得したのだった。

——でも、男がなんの見返りもなく、若い女を手助けするものかしらねえ？　ちょっと怖くない？　ここは女だけで頑張るべきじゃないのかしら？

近所の東京府女子師範学校で教師をしている重田《しげた》さんが、用心しいしいといった調子でそう述べると、

——そうね、菊池先生は確かに女性とのお噂がいろいろあるわ。したたかな面があるのも本当よ。私も別に心からの理解者だとは思っていない。でもね、
そこまで、ずっと黙って聞いていた石井さんが静かに口を開いたのだ。彼女はもともと菊池先生から翻訳や資料集めの仕事を請け負う学生アルバイトだったのに、その語学力と文才を買われ、正社員に昇格したという経緯を持っている。

——あの方はこれぞと思ったら女でも男でも資金援助や協力を惜しまない、そして

気持ち良くお金をあげたら、口出ししてこないし、絶対に見返りを求めないことはたしかよ。そこだけは、信じていいと思うわ。

男性に対して誰よりも手厳しい石井さんがこんな風に評価するのはとても珍しいことだ。さらに、文藝春秋社の女性社員だけではなく、あらゆる業界に属している住人たちにこまめに聞き込みしたところ、彼の援助を受けたのは、石井桃子さんだけではないと判明した。菊池寛という人は神出鬼没にいろんなところに現れ、ぽんと気軽に人脈やポケットマネーを差し出すことで有名な、変わり者らしいのだ。

また、ドアベルが鳴った。新劇で台本を書いているカツ代《よ》さんが、丸めた紙束を手に大股でやってきて、

「サンドイッチたっぷりと冷たいミルク！」

と叫んだ。ハンチング帽にズボン姿が、オスカー・ワイルドの小説にでてくる男の子のようだ。彼女に続いて、

「私には美容に良さそうなミックスジュースを作っていただけるかしら。あと、ゆで卵ね。減量中なの」

と、ささやいたのは、赤い口紅と縁にレースのついた黒いドレスがよく似合う相棒の志満子《しまこ》さんである。カツ代さんと同じ劇団に所属する看板女優だが、最近は映画にも出演するなど、活躍の場を広げている。

今のところ、メニューには「珈琲　ミルク　緑茶　しぼりたてのオレンジジュース
ゆで卵　ホットケーキ　サンドイッチ　おにぎり　お茶漬け　サラダ　季節の青菜の
おひたし　ドーナツ　その他、用途に応じてお作りします」と書いてはいるけれど、
みんなの要望に応じて、調整していくつもりである。食堂と出すものが重ならないよ
うに注意も必要だろう。

開店して一時間。いつの間にか喫茶店は女で満員になっていた。

「読んでみて。『父帰る』の台本だよ」

カツ代さんはそう言って来月サンルームで上演する、懇親会用のお芝居の台本をカ
ウンターに投げてよこすと、志満子さんと一緒にテーブル席についた。

「あっ、主人公の賢一郎《けんいちろう》を、女にしちゃったの？」

私のうしろから台本を覗き込んできた咲子さんが目ざとく指摘した。咲子さんは母
親のおたか役を勝ち取ってからというもの張り切っているのだ。

「でしょ？　カツ代ちゃんに言ってやってよ。私、男役が演じたかったのに‼　男装
を一度してみたかったのに！」

演目が決まる前から、全員一致で主演が内定していた志満子さんはむっとした様子
で、めずらしく声を荒らげた。

「でも、娘が父親にバシッと離別をつきつけるなんて、気持ちがいいと思わない？

私、この思いつきがすっかり気に入っちゃってさ」

　と、カツ代さんはうきうきした様子である。私はつぶしたゆで卵にマヨネーズを混ぜ、からしとバタを塗ったパンに挟む。人参と林檎《りんご》をおろし金で勢い良くすりおろし、布巾に包んできつく絞った。

「だけど、上演したところで、菊池先生は観られないのよねえ」

　石井さんは珈琲茶碗を傾けながら、そうつぶやいた。このアパートメントは男性は親兄弟でさえ一階から上にはあがれないし、出入り可能な場所であれ赤い腕章をつけなければならない。

「いいのよ。いいの。こういうのは、感謝の気持ちが大事よねえ」

　と、悦子ちゃんが歌うように言い、サンドイッチとミルク、人参と林檎のジュースとゆで卵を、カツ代さんと志満子さんのテーブルに運んでいった。

　チヨマ子ちゃんを通じて、菊池先生からこの喫茶店の出資の条件として出されたのは、たったひとつだけだった。

　――文藝春秋社まで来て、珈琲を淹れてくれないか。それで美味しければ、金をだそう。

　と、彼は言ったという。

　珈琲ミル、食器、魔法瓶、豆を抱え、麹町区内《こうじまちくうち》幸町《さいわいちょう》にある八階建ての大阪ビルまでやってきた私たちを、社長室で待っていたのは、奇妙な雰囲気のふくよかなおじさんだった。上と下から同時にぎゅっと圧をかけたような顔だちの上、口元はヒゲで覆われているので、表情が読み取れない。服装はだらしなく背広もよれよれで、まったく裕福そうには見えなかった。

しかし、私は緊張を緩めなかった。チヨマ子ちゃんから、菊池先生は大変な美食家だと聞いていたからである。手が震えそうになるのを堪え、咲子さんが勤め先の流通を利用して、この日のために手に入れた最高級の輸入モノの珈琲豆をミルで丁寧に挽き、時間をかけてネル布でドリップし、どうにか満足のいく一杯を淹れることに成功した。菊池先生は目の前に私が置いた珈琲を見下ろし、ふうむ、とうなると、茶碗を持ち上げ、まずはくんくんとにおいを嗅いだ。そして、口をつけるなり、しばらく黙りこんでいた。ほんの数十秒だと思うけど、あそこまで頭の中をいろんな可能性が駆け巡った時間はあとにも先にもない。菊池先生は表情を変えず、無言のまま珈琲を飲み干してから、こう言った。

——合格だ。契約金と初期費用を全額出そう。食器や調度品もいいものを扱っているところを紹介するよ。僕の名を出せば安くあがるだろう。あと、何かあった時は、ここに連絡しなさい。

そう言って、菊池先生は立ち上がって、私に名刺をくれた。この逸話は大塚女子アパートメントにあっという間に広まった。これがきっかけでみんなに彼に対する感謝が芽生えた。住人の入れ替わりが一番多いという理由で、懇親会が四月に決まるなり、出し物は菊池寛の戯曲「父帰る」でいこうという話ですぐにまとまったのである。

チョマ子ちゃんの分の珈琲がはいったのに、カウンター席に彼女の姿がない。見回すと、彼女は奥のテーブルに呼ばれていて、熱田さんと素川さんから説教を食らっている最中だった。彼女たちが住人と交流するのはとても珍しいことだ。

「絶対にやめた方がいいわ。谷崎潤一郎との結婚なんて。まずいくつ離れていらっしゃるの？」

熱田さんが厳しい顔で訴えているところだった。

「二十一歳かな。でも、愛に年齢なんて関係ないわ。それに、彼はちゃんとしてるわ。まず、お友達である菊池寛先生に承諾をとってから、プロポーズしてくれたのよ」

チョマ子ちゃんはとろけそうな顔でそう言った。それってなんだか、モノ扱いされているみたいだな――。私の中で菊池先生の株は今、だいぶ下がってしまった。谷崎潤一郎といえば、前の奥様も、それこそモノみたいに作家仲間の佐藤春夫《さとうはるお》に譲っていて、随分話題になっていたっけ。素川さんまでが珍しく感情をあらわにし、私が気になったのと同じようなことを指摘している。

「妻を友達に譲渡だの、花嫁募集の広告だの、どれもこれも女性を莫迦にしているわよ。谷崎潤一郎ってなんて下品で傲慢な男なんだろうと思うわ」

「違うわ。彼は女性をモノ扱いなんてしてない。だいたい、あの新聞広告は、私にあてた公開の恋文よ！」

チョマ子ちゃんは赤い顔で、猛然と言い返した。悦子ちゃんが目の前に珈琲を置きにいっても、見向きもしない。

「あの条件にすべてあてはまるのがこの私だけなのは、私を知る人なら誰でもわかることよ」

彼女は大真面目だが、熱田さんはそっけなく、

「そうかしら。私、あなただけに宛てたもののようには読めませんでしたわ」

と言った。私はあの大騒ぎになった谷崎潤一郎が昨年末、新聞に出した新しい妻を募集する広告の内容をなんとか思い出そうとした。二十五歳以下、関西出身、手足が綺麗であること……。熱田さんのいう通り、チョマ子ちゃん以外にもあてはまる女性が大勢いそうな条件ばかりだった。

「なによ、なによ。みんなは応援してくれるとばかり思っていたのに」

カフェーに漂うしらじらとした空気が応えたのか、彼女の大きな目に涙が盛り上がる。ブラウスの裾をぎゅっと握りしめた。おしゃれで最先端の印象を与えるチョマ子ちゃんだけど、恋愛経験は一度もなく、人一倍ロマンチストなのは、誰もが知ってい

ることだった。私はなんだか可哀想になってしまって、カウンターの内側からこう呼びかけた。

「ごめんね。みんな、あなたの好きなひとのことを悪くいうつもりはないの。ただ、会ったこともないけれど、私たち、あの方のせいで迷惑しているのよ」

それは正直な気持ちだった。

「だって、谷崎先生のせいじゃないの？　カフェーにここまで悪い印象がついてしまったのって」

私がいうと、全員があ、という顔をし、押し黙った。

——大変申し訳ありませんが、カフェーを始めるんで、こちらをやめさせていただきます。

職場で退職を申し出た時、上司は「きみ、きみ、結婚前の娘が、そんなはしたない」とにたにたした顔で制したものである。六年前に出版された谷崎潤一郎作「痴人《ちじん》の愛」はカフェーやそこで働く女性のイメージを決定づけたといっていい。いまだに「カフェー」や「喫茶店」という言葉から、過激なサービスやら美しい女性との出会いやらを期待する男性は多い。うちはいかがわしい店ではありません、という表明のために「純喫茶」と名乗る店が急増したくらいだ。

みんなから求められるまま、成り行きで始めた店だけれど、私はたぶん心のどこかで「カフェー」や「喫茶店」を本来の意味に、自分たちの手に取り戻したかったのだと思う。女が珈琲とちょっとした軽いものを安心して楽しめ、従業員とおしゃべりもできる、何時間でもいられるような清潔な店。男の人が寛《くつろ》げるお店はいくらでもあるのに、私たちにないのはどうしてなんだろう？　そんな風に考えられるようになったのはこのアパートメントで暮らしてきたおかげなのかもしれない。

東京に出てすぐは叔母夫婦の家に間借りしていたけど、食事やお風呂の支度の手伝いはもちろん、同室の甥っ子の面倒も見なくてはいけない。叔父さんは好人物ではあったが、やたらと部下とのお見合いを持ちかけられた。そんな時、会社のもちものの木造二階建ての女子社員寮一階に空きがでたというので、期待して入ってみたら、初日から覗きと下着泥棒にあった上に、入社当時からしつこく誘いをかけられて辟易《へきえき》していた同僚の男が、玄関口で毎晩待ち伏せするようになって、帰宅するのが怖くなってしまった。管理人のおじさんに相談しても「それくらい大目に見てあげなさいよ。若い男のすることなんだから。あんたにのぼせているのさ」と、とりあってくれない。

ここに来てからというもの、私はずっと安心していて、心も身体ものびのびしている。市電からアパートメントの灯りが見えてきただけで、昼間の疲れが溶けていくのがわかる。同僚の男の人たちはみんなこんな気持ちで生きているのだろうか。

管理人のおばあさまに挨拶して、エレベーターに乗り、一人の部屋に帰り着いたら、ベッドに寝そべり、天井を見つめて何をしようかゆっくり考える。食堂に電話したら銀の蓋で覆われたあたたかなスープとピラフが運ばれてくる。共同浴場があるから、お風呂を沸かす必要もない。好きなだけ読書をするのも、書き物をするのも、一階でミシンを借りて洋服を作るのも、屋上の音楽室でピアノを練習するのも、体操するのも自由。明日の朝、出社するまでは誰からも干渉されることがない。寂しくなれば、サンルームや応接室に行けば、身元の知れた誰かとおしゃべりをすることもできる。この暮らしがごくわずかな女性にだけ許された贅沢だということはもちろん、私も自覚している。でも、どんな人間であれ、自分だけの安全な空間が分配されるようになればいいのにな、とも思う。

もちろん、私にそんな力はない。ただ、女のひとが一人で珈琲を飲める場所だったら、作れそうだな、と思ったのだ。

ドアベルが鳴った。見ると、手ぶらの多田くんがはにかんだ顔で立っている。

「そのう、もうすぐお昼ですけど、何か御用はありませんか。なにしろ、女性だけのお店だから、何か困ったことがあるんじゃないかって……」

私が無理に作った笑顔で追い返そうとしたその時、電話が鳴った。

「噂をすれば、文藝春秋社の社員さんだっていう、男の人からお電話よ」

すぐに飛びついた悦子ちゃんが送話口を塞ぎながら伝えてきた。石井さんがすっと背筋を伸ばし、チョマ子ちゃんが涙をぬぐいながら顔を上げた。

「立食パーティー用の食事を二十人分、十五時までに配達してくれないかって。菊池寛先生からのお願いみたい。どうする？」

小切手と開店の日の花を贈ってくれただけで、本社での珈琲試験を最後に菊池先生には一回も会っていない。なんだか忘れられた感じさえあり、さびしいといえばさびしいが正直、気楽でもあった。そんな彼がじきじきに依頼をしてくるというのは意外だけれど、誇らしくもある。悦子ちゃんが焦ったような口調でこう続けた。

「なんでも、先週木曜日に創刊した文芸雑誌がすごく売れているとかで増刷が決まった、そのお祝いなんですってよ。打ち上げをするはずだった大阪ビル地下にあるレストランが食中毒で閉店してしまったんですって」

「レインボーグリルで食中毒？　そんなことあるかしら？　あんなに衛生管理がちゃんとしたところが？　すごく美味しくて有名なのに……」

石井さんが怪訝そうな顔でつぶやいている。

「そうねえ、菊池先生からのご依頼なら、是非お引受けしたいけれど、そもそも、二十人分の食事なんてまずどうやって運んだらいいのかしら？」

私がカウンターで頭を抱えていると、

「車だったら、私の所属する映画会社の送迎用のT型フォード車をお貸しするわ。私専用の運転手がついているの。好きな時に好きに使っても構わないと社長から言われているのよ。私は会社の金の卵だからって」

ちょっぴり得意そうに言ったのは志満子さんだった。私はありがたくその申し出を受けることにした。

「ええと、立食っていえば、サンドイッチ？　そんなにたくさん、今からパンを用意できないわよ」

咲子さんが不安そうに言うと、

「僕がなんとかしましょう。任せて。大丈夫、二十人分の食パンですね！　確保できます」

ずっとそこで話を聞いていた多田くんが身を乗り出し、素早くこちらの手の甲に触れてきた。汗で濡れた肉の感触に私は一瞬ゾッとしたが、親切にしてくれるのだから、と言い聞かせ、再び笑顔を作り、お礼を言った。多田くんは胸を張って、勢い良く店を飛び出していった。それを見届けた悦子ちゃんが「はい。十五時に二十人分ですね。かしこまりました」と返事をし、受話器を置いた。予想していなかったが、突然の大仕事に私の心は弾んでもいた。先のことをあれこれ思い悩まなくても、こんな風に意外な依頼がどんどん舞い込んで、私たちの店は軌道に乗っていくのかもしれない。

そうと決まれば、行動開始。多田くんの汗で汚れた手をシャボンでよく洗うと、店中の卵という卵を大鍋に放り込んで、水から茹で始めた。しかし、私がからしとバターを練り、咲子さんが玉ねぎの皮を剝き始めたところで、多田くんが泣きそうな顔で戻ってきた。

「ごめんなさい。午後に食パンを大量に小学校に卸すことになっていて……。僕に他に何かできること、ありませんか」

もじもじと前掛けをいじって、まだここに残りたそうな彼に、私は苛立ちを堪えながら、もう一度笑顔でお礼をいい、追い出した。かちかちと卵がぶつかり合う鍋を見下ろす。すぐに火を通したのは失敗だったかもしれない。卵は、どうとでも化ける便利な食材なのに。

「欧米ではこんな急場凌《しの》ぎのときは大皿料理に頼ることがおおいわ。キャセロールというのよ」

と、石井さんがカウンター席から離れながら、そんなことを言った。

「大皿料理ねえ。やったことないけれど……」

私は一度深呼吸すると、メモ帳とえんぴつを取り、立ったまま、設計図を書いてみることにした。

「洋食の大皿料理、なんとかなりそう。物珍しくて、冷めても味が落ちなくて、それでいて、お腹にたまるもの……」

「言い忘れたけど、レインボーグリルはすごく美味しいのよ。特にチキンカレーは絶品。うちの社員はすごく舌が肥えているんだから。頑張ってね」

去り際、石井さんは不安なことを言い残し、出社していった。志満子さんは車を十四時に呼んであげるから、それまでには料理を用意しておいて、と言い、カツ代さんと一緒に会計を済ませ、店を出て行った。確かに、ここから麹町区までは道が混んでいても一時間あれば余裕で着くだろう。時計が十二時を回ると、次から次へとアパートメントの住人がランチにやってきた。私が設計図と在庫の確認に掛かりきりなので、咲子さんと悦子ちゃんはてんてこまいとなった。チョマ子ちゃんがぱっと立ち上がり、珈琲を運ぶのを手伝ってくれた。熱田さんと素川さんまでもが、いそいそ空いた皿を下げてくれている。

「できた‼」

昼食目当ての客があらかた出払った時、私はついに叫んだ。そこにいる全員にキャセロール料理の断面図を掲げてみせた。

「一段目にはたっぷりのチキンライス、二段目にはバタでいためたハムとほうれん草、三段目には角切りのチーズ、四段目にはたくさんのゆで卵の輪切り、そして一番上にはホワイトソースをたっぷりかけて、薄切りのパンを麺棒でよく伸ばしてバタでじっくりと揚げたもので蓋をしていく。最後にはレバーペーストとマッシュポテトで格子模様をつけて、パセリを飾るの」

「わあ、美味しそう！　私、お手伝いするわ！」

と、チョマ子ちゃんはよだれを垂らさんばかりに叫んだ。咲子さんが冷蔵庫や棚から材料をてきぱき取り出しながら、

「今ここにあるものを総動員すれば、出来るわね。さっそくじゃがいもを茹でましょう。冷やご飯を玉ねぎと鶏肉とケチャップで炒《いた》めなきゃ。一時間半あればなんとかなるわ」

と言い、カウンター内側の厨房で調理にかかりはじめた。実は彼女は私より断然手際がいいのである。

「でも、そんな大きなキャセロール？　一体どこにあるの？」

悦子ちゃんが不安そうに言い、私はそれを全然考えていなかったことに気付いた。

「512号室の山田《やまだ》さんて、大学院で生物の研究をしていなかった？　フナだかなんだかを泳がせている大きな水槽をもっているとか言っていたじゃない。あれを借りましょうよ」

「水槽に入っているご飯なんて気持ちが悪くない？」

チョマ子ちゃんが顔をしかめた。夜、廊下をふらふら歩いている山田さんの白衣に血がべっとりついていたことがあって、私たちはぎょっとしたのだった。はっきりは

言わないが、彼女は仕事を持ち帰り、自分の部屋でこっそり解剖や実験の続きをしているらしい。

「じゃあ、サンルームにある、新しい植木鉢はどうかしら？」

咲子さんがフライパンからチキンライスを宙に舞わせながら、提案した。二日前、屋上には住人たちのカンパによって、大きな四角い植木鉢が運び入れられた。四月になったらレモンを植えて、みんなが好きな時に自由に使える食用とする予定である。まだ土は入れられていないはず。管理人さんに一言だけ告げて、あとで洗って返せば良いだろう。

「あれだったら大皿に見えないこと、ないかもね。悦子ちゃんここまで運んできてくれないかな？　一人じゃ重いかしら」

「大丈夫！　私、力持ちよ。すぐ行ってくる」

悦子ちゃんがドアから飛び出すと、私もさっそくまな板を取り出した。チヨマ子ちゃんは包丁を持つのもおっかなびっくりといった様子なので、卵の殻剝きを手伝わせることにした。

「ねえ、平気なの。そんなんで結婚なんかしたりして……」

私がそう尋ねると、チヨマ子ちゃんは待ってました、といわんばかりの顔をした。

「谷崎先生は私はなにもできなくていいって言っているの。全部家政婦がやればいいって。女性を家庭にしばるような古い男性ではないのよ」

熱田さんたちに聞こえるようにか、大きな声を出しているが、彼女たちはこれ以上手伝わされてはたまらない、という様子でレジスター前にお金を置いて、さっさと行ってしまった。

「ふうん」

でも、ああいう男性はなんだかその条件を簡単に覆《くつがえ》してきそうな気もするな——。そこまで考えて、私は会ったこともない彼を本当に信用していないんだな、と自覚した。

のろのろ卵を剝いているチョマ子ちゃんの横で、大量のほうれん草をざく切りにして、バタでハムと一緒に炒めた。皿にあけると、フライパンをざっと洗い、再びたっぷりのバタを入れ、小麦粉を炒めて、牛乳を少しずつ注いでいく。ゆで卵を輪切りにし始めたところで、悦子ちゃんがウンウンうなりながら、植木鉢を両手で抱えて帰ってきた。改めて、静かな気持ちで植木鉢を眺めて、これはないかもしれない、と思った。素焼きの橙がかった茶色の器は、いかにも土でできていることが丸わかりだった。とてもじゃないが、ここによそってある料理を食べたいとは誰も思わないだろう。私が遠慮がちにそう言うと、

「えー、せっかく運んできたのに！」

と、悦子ちゃんが歯ぎしりした。私は彼女に詫びた。中に詰めるものはあらかた出来上がってしまったというのに、肝心の器が決まらないなんて——。ため息をついていたら、

「ねえ、だったら、これはどうかな」

チョマ子ちゃんが、菊池寛先生から届いた開店祝いを、恐る恐る指差した。青い釉《うわぐすり》が塗られつるつるした質感のそれは確かに、このカフェーにあるどの皿よりも上等だった。私たちは視線を交わし合った。咲子さんが不安げに言った。

「でも、バレるんじゃないの？　自分がよこした容れ物だって……」

「こういうのは、全部秘書が手配するのよ。絶対に気付くもんですか」

チョマ子ちゃんが断言し、私の心は決まった。薔薇の寄せ植えを悦子ちゃんが運んできた植木鉢に、土ごと移し替え、平らにならす。ドアベルの音とともに入ってきた住人たちは、園芸作業中の私たちを驚いた顔で見下ろした。

からっぽになった青い平鉢を抱え、流しまで運んでタワシでよく洗う。石井さんの言うキャセロールがどんなものかはよくわからないが、巨大なグラタン皿と思えばいいだろうか。それならば見えないことはない。出来た料理を順に詰めていき、揚げパンで蓋をし、マッシュポテトとレバーペーストとパセリを飾る。見栄えのいいパーティー料理が出来上がった。

約束の時間より少し早く、志満子さん専用のT型フォード車は店の前に停車した。店を無人にするわけにはいかないので、私とチョマ子ちゃんだけが、配達に行くことにした。チョマ子ちゃんはすでに辞めているとはいえ、会社に行くならばちゃんとしたい、五分だけごめんなさい、と私を待たせてまで、わざわざ着替えに戻って髪をなでつけ口紅を引いて現れた。悦子ちゃんと咲子さんは春日通りまで送りにきて、見えなくなるまで手を振っていた。平鉢は風呂敷で包んだが、バタや香辛料のにおいでたちまち車内はいっぱいになり、運転手は何度もくしゃみをしたが、澄まし顔を通した。

大阪ビルに着いたのは十五時前だった。私たちは「すぐに帰ってくるから」と運転手に告げて、両脇から風呂敷包みを支え合って大理石でできたエントランスをそろそろと進み、受付で菊池寛先生にお届けものです、と告げた。そうしている合間にも、ここでは有名人らしいチョマ子ちゃんは、何人もの男性社員に親しげに話しかけられていた。彼女はその度、

「ええと、今日はお料理の配達にきてまして。以前はどうもお世話さまでした」

などと、適当な調子で返していた。

しばらくして、目を見張るほど華やかな洋装の女性が、エレベーターホールから受付めがけてずんずんと歩いてきた。

「あの人、菊池寛先生のお気に入りの秘書さんよ。ここでは『淀君《よどぎみ》』って呼ばれてい

るのよ」

チョマ子ちゃんは少々意地悪そうな顔でこちらに耳打ちしてきた。近くで見ればみるほど綺麗な人だった。しかし、事情を告げるなり、彼女は形のいい眉をひそめた。

「あら、そうなんですか？　ちょっと確認していいですか。そんなこと、頼んだかしら」

彼女はこちらに背を向け、受付からどこかの部署に電話をかけた。私はやや自信がなくなってきて「電話では菊池先生から、と確かにことづかりました。男性の声だったみたいで」と小さな声で付け加えた。もしかして、悦子ちゃんが何か勘違いしたのだろうか。電話を切ると、秘書さんは向き直った。

「そうですか。でも、それはおかしいですね。菊池先生のご注文でしたら、私からお店に伝えるはずですわ。私が菊池寛先生の第一秘書ですの。菊池先生のご要望が一番わかっているのはこの私ですから」

菊池先生、という時、彼女の瞳は細まり、唇はねばつき、糸をひきそうだった。チヨマ子ちゃんに言われなくても、その関係性は部外者にも丸わかりだった。

「あ、古川丁未子!!」

突然、受付の前にある待合用のソファの方から大声がした。見れば今朝、カフェーに来た二人組の男が腰を浮かして、こちらを指差している。彼らの存在を今の今まで私はすっかり忘れていた。チョマ子ちゃんはあっという間に、私を置きざりにし、受付を駆け足で通過し、さらにその先まで走って行ってしまった。彼らも私の前をすごい速さで通り過ぎていく。

「どうしたんですか。何か困ったことでも？」

どうすることも出来ず突っ立っていると、声をかけられた。そこには仕立てのいい背広姿だけれど、痩せて顔色の悪い中年男性が立っていた。煙草のヤニでくらっとした。

「ああ、増刷祝いの立食パーティーの料理ね。それだったら、会議室に運んでくれればいいよ。僕が案内するよ」

彼は私を一瞥するなり、そう言った。首を傾げていると、秘書さんが割って入った。

「菊池先生からはそんな話、聞いておりません。パーティーをやるなんて、いつでた話ですか？」

「ああ、そのことね。うん、あとでちゃんと説明するから」

彼は早口で言い、さも親しげに私の両肩をさっと手で抱いた。鳥肌が立ったが、とりあえず、中に入れてもらえそうなので私はされるがまま、彼と二人でエレベーターに乗り込んだ。納得がいっていない様子の秘書さんの顔が左右のドアに挟まれ、細くなって、やがて完全に消えた。

「ああ、あぶなかった。『淀君』に見つかっちゃ、かなわないよ。彼女はほとんどこの会社の実権を握っているようなもんだからなあ」

彼はまるで共犯者にするような目つきで私にそう言った。ふと、「淀君」が気の毒に思えた。本人は仕事や恋愛を大真面目にやっているにすぎないのに、ここまで浮いているなんて。チョマ子ちゃんですらちょっと引いた目で見ているのだ。彼女をそんな立場に追いやっている菊池先生がだんだん信用ならなくなってきた。男は私の右肩には手を置いたままだ。密室に異性と二人きりでいるという事態は、私を次第に恐怖させた。両手は平鉢でふさがっている。なにかされたら、どう切り抜けよう、とそればかり考えていた。

急に思い出した。

大塚女子アパートメントに来る前、自分はずっとこんな風に緊張して暮らしていたんだ。長いこと、私にとって一人で生活するというのは、自分で自分の領域と安全を確保するために、意識を張り巡らして生きることだった。文句を言われないように、隙をつくらないように、どんな時でも誰かの目を感じながら、前後左右に気を配って、小さく小さくなっていた。

エレベーターが開き、私はやっと息を吐いた。男に先導されて、廊下を渡り、がらんとした会議室に足を踏み入れた。中央には大きなテーブルがあり、私はそこに平鉢を置き、風呂敷の結び目を解いた。ひとまず重量から解放されて、ほっとしていた。

手のひらを見たら真っ赤だった。

「いやいや、まさか話題のウルトラモダンな大塚女子アパートメントでカフェーを開くお嬢さんにこんなところで、お会いできるとは。同僚の女たちからお噂をうかがい、一度直にお目にかかって話を聞きたいと思っていたんですよ」

私の背後にぴったりくっついて立っていた男がそう言ったので、うなじに生暖かい息がかかった。私はなんのことか、咄嗟にわからなかった。

「いや実はね、下のグリルで食中毒なんて起きてないし、増刷のお祝いなんて嘘なんです。あなたにチャンスを与えてさしあげようと思って、僕が勝手にやったことです。女だけの経営なんて大変でしょう？　少しでも助けてあげたいと思ったんです。まさか本当に時間通りに仕上げてくるなんて思わなかったけれど……」

意味がだんだん飲み込めるようになると、私の身体は熱くなっていった。

電話を受けてから知恵を尽くして調理し、ここまで駆けつけてきた労力を考えると、私は彼をぶん殴りたくなった。彼の視線を辿っていくと、私の首筋に汗で張り付く髪の毛にたどり着いて、怖気《おぞけ》が走った。

「お料理はここに置きました。お代を早く払ってください。もう帰ります」

財布を取り出す気配が一向にないので、私はジリジリと焦った。のらりくらりとかわされて結局、お金をもらえないいんじゃないか、と考えたら、血が下がっていくような気がした。

「いやいや、そんな。せっかく来たんだから。少しくらい、お話しましょうよ。僕はあなたの味方ですよ」

そういうなり、男は私の手首をおもむろにつかんだ。悲鳴をあげようと思ったが、うまく声がでない。彼のどす黒い顔がすぐ目の前にある。

「あなたたち、みんな処女って本当ですか？　一生、女だけで暮らすつもりなんですか？」

「あなたにそんな話する必要あります⁉」

私は藻《も》がいてなんとか彼の手を振りほどくと、勇気を振り絞って叫んだ。

「一人で住む自由も、一人で珈琲を飲む自由も、私たちにはないんですか？」

男はきょとんと首を傾げた。憐《あわ》れむような笑みを何故だか崩さない。

「自由なんかよりね、まっとうに幸せになる道を考えた方がいいといってるんですよ。誤解しないでほしいんですが、僕はあなたの協力者ですよ。ただ、助けたいだけですよ。強情をはらないで。もう少しだけでいいから、お話しませんか？」

駄々っ子を説き伏せるような口調だった。この人は単に私を仲間から切り離して、一対一で説教したいがために、電話までかけて嘘をついたのだ。私が一体、彼のなにを邪魔したというのだろう。なんでこんなに足を引っ張ってくるのだろう。もうお金はあきらめて、よっぽど平鉢でこの男を殴って、逃げてやろうかと思った。

後ろで聞き覚えのある声がした。

「うむ、うむ、これはなかなか美味いね」

その瞬間、男の身体がぱっと私から離れたのがわかった。急に周囲が涼やかになった。

「これね、なんていう料理なんだい」

振り向くと、菊池寛先生がどこから持ってきたのか、大きなスプーンで料理をすくい、ムシャムシャ食べているではないか。先ほどのやりとりを思い出して私はでませに、

「ウルトラモダンライスです」

と、答えた。菊池先生はこちらを見ようともせず一人でうんうん頷いている。

「うむ、美味い。なにかの時に、また、このウルトラモダンライスの出前を頼めるかい。せっかく持ってきてくれたんだし、これから編集部を集めて、みんなで試食しよう。ええと、そこの君、誰だったっけ？　人を集めてくれ」

男は「承知しました。何か手違いがあったようですね。失礼します」と別人のような無表情で短く言うと、私を一度も見ないで、そそくさと会議室をあとにした。菊池先生は一心不乱に食べ続けている。その様子を見ると、助け舟を出した、というわけ

でもなさそうである。

「……開店のお花をどうもありがとうございました」

先生は、まさにその花が植えられていた平鉢から洋食をすくうのをやめ、スプーンを握りしめたままこちらを見た。ヒゲの周りにホワイトソースがついている。

「忘れていたわけじゃないよ。お店ね、昨日、いこういこうとは思ったんだけど、邪魔じゃないかと思ってね」

何故か、言い訳がましい早口だった。

「えっ」

私は驚いて、目の前の菊池先生をまじまじと見つめた。むくんだ目元の奥の奥には、思いがけない色が見えた。それはどうやら、照れ、らしい。

「いや、僕がいたら、せっかくの君たちの雰囲気が壊れてしまうんじゃないかと思ってね」

菊池先生は戸惑っているような表情を浮かべ、黙ってこちらを眺めていた。

彼のこの距離感が、今の私には救いだった。菊池先生のなにがいいといって、放っておいてくれるところだ。きょうび、邪魔をしない男性なんてなかなかいない。男のひとたちは、我こそは新しい考えの持ち主だということを示したくて必死だ。だから、みんな私たちを助けようとしてくる。心配してくる。先回りして仕事を奪おうとする。

そして、私たちと二人きりになりたがる。肝心の私たちがなにを感じ、なにをやりたいかなんて、どうでもいいみたい。

　今日を振り返っただけでも、男の人のやることなすこと、私たちの障害になってばかりだった。それと逆に、菊池先生は私たちに必要以上に近づいてこない。でも、お金は出してくれるし、チャンスもくれるのだ。

「あの、先生。私たち来月、屋上の懇親会で『父帰る』を上演するつもりなんです。今、台本を書いているところなんですよ」

「ほう、でも、僕には観ることはできないね」

「ええ、そうなんです。でも、お伝えだけしたくて」

　菊池先生はふうん、とだけ言って、ヒゲをなでた。ようやく、私たちの視線はぶつかった。会議室には、バタのにおいと、私がこれまで男性と共有したことのない空気が流れていた。あたたかすぎない、かといって冷たくもない、それは自由の風だった。確かに、石井さんの言うように、彼は心からの理解者ではないのかもしれない。さっきの秘書さんを見る限り、大して彼を信用しない方がいいのかもしれない。

でも、この調子だとそもそも嫌いになれるほど、彼が私にとって近い存在になることは今後なさそうだった。その証拠に、彼は私たちの「父帰る」を観たがりはしなかったのだ。

「あ、そうだ。忘れるところだった」

そう言うと、菊池先生はポケットをごそごそ探り、しわくちゃのお札を何枚も取り出し、テーブルに置いた。私は「まいどありがとうございます」と言い、ありがたくポケットに仕舞うと、「送りましょう」という先生を制して、会議室を後にし、エレベーターにそそくさと乗り込んだ。放っといてくれることがこんなにありがたいなんて、私は初めて知った。

受付の前を通りすぎる時、待合用のソファに座って足をぶらぶらさせている、チョマ子ちゃんに気付いた。

「チョマ子ちゃん、どこ行ってたのよ！　大変だったんだから！」

私が怒りながら近づいていくと、

「ごめん、ごめん。あの記者たちを上手く巻いて、レインボーグリルで珈琲を飲んでいたのよ。もうここで珈琲を飲むこともあまりないでしょうからねえ」

と言って、のんきな顔でこちらに腕をからめてくる。なんだか怒る気が失せて、車寄せに出た。T型フォードの運転手は待ちくたびれた様子で、私たちの顔を見ると、露骨に不機嫌になった。後部座席に並ぶと、隣のチョマ子ちゃんがぽつりとつぶやいた。

「私、なんだか結婚しなくていいような気がしてきたなあ」

「どうして？」

「だって、結婚したら一人で珈琲を飲めなくなりそうで……」

チョマ子ちゃんがいつになく思いつめた横顔をみせるので、私はなんだか今日一日で、彼女にずいぶん意地悪を言いすぎたような気持ちになってきた。

「そんなに難しく考えなくていいわよ。谷崎先生が好きなんでしょ？　結婚したかったらすればいいわ。だけど、嫌になったら戻ってきちゃえばいい。そして、また文藝春秋社で働けばいいじゃない。それに私たちはいつまでも大塚女子アパートメントにいるし、いつまでもチョマ子ちゃんに珈琲を出してあげるわよ」

「え、いつでも、タダでいいの？」

チョマ子ちゃんはぱっと目を輝かせた。

「タダなんて言ってない」

私たちは顔を見合わせ、後部座席で大笑いした。その声がうるさいのか、それとも散々待たされたことを恨みにしてか、運転手は顔をしかめて、わざわざこちらを振り返った。私たちは気にしなかった。窓の外には、夕闇が広がっていた。車は春日通りにようやく入って、光の帯になった市電と並走している。

前方には私たちのカフェーの明かりが、ベツレヘムのお星さまのようにまたたいていた。

解説

僕の名前は菊池寛。僕が仲間と共に起こした文藝春秋社は今年で創業百二年を迎える。

僕自身は一九四八年にこの世を去っているが、現在、僕の胸像は文藝春秋社の一階のサロンに設置されている。肉体は死んだがこうして魂は残った。つまり、生きてる間と合わせて一世紀以上、僕はこの社を出入りする作家たちを観察しているわけである。

柚木麻子が二十八歳にして「オール讀物」からデビュウして十六年間。僕はここから、彼女を見下ろしている。誰よりもこの女流作家をよく知っていると言っていい。柚木は、潑剌《はつらつ》としていて、ものをはっきりいい、どこか狂的な火のようなものを持っている。日本文壇ではこれまで見なかった個性だとは思うが、ここぞのところで筆が走りすぎるのがいただけない。嫌いではないまでも、今なお感心はしない。正面を切りすぎるところも、好みではない。編集者の肩越しに、原稿を読んでみたが、目覚ましい成功は見込めないだろう、と判断した。

しかし、である、そんなことを僕が感じた瞬間、柚木麻子が、サロン名物の冷珈琲を飲みながら、こちらをジイッと見つめていることに、気が付いた。まさか、こちらに宿る命を察知したのか、と率直なところ、慌ててしまった。

おそらくその時のひらめきが、冒頭の「Ｃｏｍｅ Ｃｏｍｅ Ｋａｎ!!」に発揮されているのだろう。

この本には他六編の短編が収められている。概ねそれなりに面白く読んだが、いただけない作品も含まれている。「渚ホテルで会いましょう」といい「エルゴと不倫鮨」といい、作者が敵とみなした登場人物に鉄拳制裁を与えるのはどうなのか。僕は常に「右傾せず、左傾せず、中正なる自由主義の立場」を保持する（先の戦争中、僕のそういった態度が作家たちを戦争協力に駆り立てたと批判されれば、弁護がましくもなるが……）。最も良くないのは、僕に関する間違った印象を、意図的に広めてしまっているところだ。

婦人解放には賛成だが、極端な女権《じょけん》拡張主義者だと思われたら、それは風評被害というものである。確かに石井桃子さんを支持したし、女性だけのアパートメント一階のカフェーに資金提供もした。が、それはイデオロギーによるものでは断じてない。純粋な友情と好意からである。「ついでにジェントルメン」という題名もいささか紳士諸君に対し排他的ではないか。編集者は一言、意見してもよかったのではないか。

見たいものしか見ないのが、柚木麻子の作家としての致命的欠陥であり、描写が弱いのもそのあたりに、原因があるのではないか。

しかし、である。どうにも憎めないのが、そうした柚木の態度が物語にロマンチシズムを与えている点である。

人生を肯定し、人生の完成を信じて突進する態度こそ、本当にロマンチックではなかろうか。真と善の理想に向かって突進する態度こそ、本当のロマンチシズムではないか。主義主張には頷きかねるが、柚木のそういった猪突猛進さには時たま心動かされるところはあり、ご婦人の読者が多いのも納得がいく。「ついでにジェントルメン」という文句は下品ではあるものの、奮闘するご婦人たちのために、一歩後ろに退くらいなら、僕にも、そして読者である紳士諸君にも、明日からでも、できないことはない。日本が今なお、国際水準に照らし合わせてみれば、婦人を犠牲にして恥じない社会であることに、誇張はないのだから。

日本の作家がめざましく世界で評価される今、出版界復興のためにも、この作品の主張に乗るのも、あながち極論とは言えないのではないかな。

また、この短編集が我が「オール讀物」に掲載され、文藝春秋社から出版されているという事実を、忘れてはいけないと思っている。そこに、もはや消えかけている日本文藝の芳醇《ほうじゅん》さ、を僕は見る。編集者たちの懐の深さと言ってもいい。

そういえば、サロンの冷珈琲の給仕は、この解説が世に出る頃には終わってしまうと、小耳に挟んだ。

ともすると忘れ去られてしまう文化を書き記しただけでも、通俗的短編集に一点のジャアナリズム的価値を与えていると言っていいだろう。

引き続き、このサロンから、柚木麻子の文壇での跳梁跋扈《ちょうりょうばっこ》を見物するとしよう。

本文参考文献

『大塚女子アパートメント物語 オールドミスの館にようこそ』川口明子（教育史料出版会）
『ひみつの王国 評伝 石井桃子』尾崎真理子（新潮社）

解説言い回し参考文献

「昭和モダニズムを牽引した男 菊池寛の文芸・演劇・映画エッセイ集」菊池寛（清流出版）
「菊池寛 話の屑籠と半自叙伝」菊池寛（文藝春秋）

初出「オール讀物」
「ＣｏｍｅＣｏｍｅＫａｎ!!」　二〇一六年五月号
「渚ホテルで会いましょう」　二〇二〇年二月号
「勇者タケルと魔法の国のプリンセス」　二〇一九年二月号
「エルゴと不倫鮨」　二〇一九年八月号
「立っている者は舅でも使え」　二〇二〇年八月号
「あしみじおじさん」　二〇二一年一月号
「アパート一階はカフェー」　二〇二一年九・十月合併号
解説　著者書き下ろし

単行本　二〇二二年四月　文藝春秋刊

イラスト　木原未沙紀
ＤＴＰ制作　ＬＵＳＨ

文春文庫

ついでにジェントルメン

定価はカバーに表示してあります

2025年1月10日　第1刷

著　者　柚《ゆず》木《き》麻《あさ》子《こ》
発行者　大沼貴之
発行所　株式会社 文藝春秋

東京都千代田区紀尾井町 3-23　〒102-8008
TEL　03・3265・1211㈹
文藝春秋ホームページ　https://www.bunshun.co.jp
落丁、乱丁本は、お手数ですが小社製作部宛お送り下さい。送料小社負担でお取替致します。

印刷製本・TOPPANクロレ

Printed in Japan
ISBN978-4-16-792320-4

（　）内は解説者。品切の節はご容赦下さい。

柚木麻子
あまからカルテット
女子校時代からの仲良し四人組。迫り来る恋や仕事の荒波を、稲荷寿司やおせちなど料理をヒントに解決できるのか――彼女たちの勇気と友情があなたに元気を贈ります！　（酒井順子）
ゆ-9-2

柚木麻子
ナイルパーチの女子会
商社で働く栄利子は、人気主婦ブロガーの翔子と出会い意気投合。だが同僚や両親との間に問題を抱える二人の関係は徐々に変化して――。山本周五郎賞受賞作。　（重松　清）
ゆ-9-3

柚木麻子・伊吹有喜・井上荒野・坂井希久子
中村　航・深緑野分・柴田よしき
注文の多い料理小説集
うまいものは、本気で作ってあるものだよ――物語の扉をそっと開ければ、味わった事のない世界が広がります。小説の名手たちが「料理」をテーマに紡いだとびきり美味しいアンソロジー。
ゆ-9-51

柚月裕子
あしたの君へ
家裁調査官補として九州に配属された望月大地。彼は、罪を犯した少年少女、親権争い等の事案に懊悩しながら成長していく。一人前になろうと葛藤する青年を描く感動作。　（益田浄子）
ゆ-13-1

吉村　昭
闇を裂く道
大正七年に着工、予想外の障害に阻まれて完成まで十六年を要し、世紀の難工事といわれた丹那トンネル。人間と土・水との熱く長い闘いをみごとに描いた力作長篇。　（髙山文彦）
よ-1-53

吉田篤弘
空ばかり見ていた
小さな町で床屋を営むホクトは、ある日、鋏ひとつを鞄におさめ、好きな場所で好きな人の髪を切るために、自由気ままなあてのない旅に出た……。流浪の床屋をめぐる十二のものがたり。
よ-28-1

（　）内は解説者。品切の節はご容赦下さい。

山本文緒
ばにらさま
モテない僕の初めての恋人は、白くて細くて、手が冷たくて……日常の風景がある時点から一転、戦慄の仕掛けと魅力に満ちたスリリングな6編。著者最後の傑作作品集。（三宅香帆）
や-35-4

山口恵以子
ゆうれい居酒屋
新小岩駅近くの商店街の路地裏にある居酒屋・米屋。定番のお酒と女将の手料理で、悩み事を抱えたお客さんの心もいつしか軽くなって……。でも、この店には大きな秘密があったのです！
や-53-5

山口恵以子
スパイシーな鯛　ゆうれい居酒屋2
元昆虫少年や漫談家、元力士のちゃんこ屋の主人、アジア系のイケメンを連れた中年女性などなど、新小岩の路地裏にひっそりと佇む居酒屋・米屋に、今夜も悩みを抱えた一見客が訪れる。
や-53-6

山口恵以子
写真館とコロッケ　ゆうれい居酒屋3
売れっ子のDJや女将さんの亡夫の釣り仲間、写真館の主人などなど、新小岩の路地裏にある米屋には今日もいろいろなお客さんが訪れます。ちょっと不思議で温かい居酒屋物語第3弾。
や-53-7

山口恵以子
とり天で喝！　ゆうれい居酒屋4
新小岩の路地裏に佇む居酒屋・米屋には、今夜も一見さんがやって来ます。元ボクサーや演歌歌手、歌舞伎役者から幽霊まで！美味しいつまみと女将の笑顔でどんな悩みも癒されます。
や-53-8

唯川　恵
テティスの逆鱗
女優、主婦、キャバクラ嬢、資産家令嬢。美容整形に通う四人の終わりなき欲望はついに、禁断の領域にまで——女たちが行き着く極限の世界を描いて戦慄させる、異色の傑作長編。（齋藤　薫）
ゆ-8-4

（　）内は解説者。品切の節はご容赦下さい。

風に舞いあがるビニールシート
森　絵都
自分だけの価値観を守り、お金よりも大切な何かのために懸命に生きる人々を描いた、著者ならではの短編小説集。あたたかくて力強い6篇を収める。第一三五回直木賞受賞作。（藤田香織）
も-20-3

満月珈琲店の星詠み
望月麻衣　画・桜田千尋
満月の夜にだけ開店する不思議な珈琲店。そこでは猫のマスターと店員たちが、極上のスイーツと香り高い珈琲、そして運命を占う「星詠み」で、日常に疲れた人たちを優しくもてなす。
も-29-21

満月珈琲店の星詠み～本当の願いごと～
望月麻衣　画・桜田千尋
家族、結婚、仕事…悩める人々の前に現れる満月珈琲店。三毛猫のマスターと星遣いの店員は極上のメニューと占星術で迷える人を導く。美しいイラストに着想を得た書き下ろし第2弾。
も-29-22

熱帯
森見登美彦
どうしても「読み終えられない本」がある。結末を求めて悶えるメンバーは東奔西走。世紀の謎はついに……。全国の10代が熱狂、第6回高校生直木賞を射止めた冠絶孤高の傑作。
も-33-1

大地の子
山崎豊子
（全四冊）
日本人戦争孤児で、中国人の教師に養育された陸一心。肉親の情と中国への思いの間で揺れる青年の苦難の旅路を、戦争や文化大革命などの歴史を背景に壮大に描く大河小説。（清原康正）
や-22-1

運命の人
山崎豊子
（全四冊）
沖縄返還の裏に日米の密約が！　戦後政治の闇に挑んだ新聞記者の愛と挫折、権力との闘いから沖縄で再生するまでのドラマを徹底取材で描き出す感動巨篇。毎日出版文化賞特別賞受賞。
や-22-6

プラナリア
山本文緒
乳がんの手術以来、何もかも面倒くさい二十五歳の春香。矛盾する自分に疲れ果てるが出口は見えない――。現代の〝無職〟をめぐる心模様を描いたベストセラー短篇集。直木賞受賞作。
や-35-1

（　）内は解説者。品切の節はご容赦下さい。

宮下奈都
静かな雨
行助はたいやき屋を営むこよみと出会い、親しくなる。こよみは事故に巻き込まれ、新しい記憶を留めておけなくなり――。文學界新人賞佳作のデビュー作に「日をつなぐ」併録。（辻原　登）
み-43-3

湊　かなえ
望郷
島に生まれ育った私たちが抱える故郷への愛、憎しみ、そして憧憬……屈折した心が生む六つの事件。日本推理作家協会賞・短編部門を受賞した「海の星」ほか全六編を収める短編集。（光原百合）
み-44-2

水生《みずき》大海《ひろみ》
ひよっこ社労士のヒナコ
ひよっこ社労士の雛子（26歳、恋人なし）が、クライアントの会社で起きる六つの事件に挑む。労務問題とミステリを融合させた新感覚お仕事小説、人気シリーズ第一弾。（吉田伸子）
み-51-2

村山由佳
星々の舟
禁断の恋に悩む兄妹、他人の恋人ばかり好きになる末っ子、居場所を探す団塊世代の長兄、そして父は戦争の傷痕を抱えて――愛とは、家族とはなにか。心震える感動の直木賞受賞作。
む-13-1

村山由佳・坂井希久子・千早　茜・大崎　梢
額賀　澪・阿川佐和子・嶋津　輝・森　絵都
女ともだち
人気女性作家8人が「女ともだち」をテーマに豪華競作！「彼女」は敵か味方か？　微妙であやうい女性同士の関係を小説の名手たちが描き出す、コワくて切なくて愛しい短編小説集。
む-13-51

村田沙耶香
コンビニ人間
コンビニバイト歴十八年の古倉恵子。夢の中でもレジを打ち、誰よりも大きくお客様に声をかける。ある日、婚活目的の男性がやってきて――話題沸騰の芥川賞受賞作。（中村文則）
む-16-1

森　絵都
カラフル
生前の罪により僕の魂は輪廻サイクルから外されたが、天使業界の抽選に当たり再挑戦のチャンスを得る。それは自殺を図った少年の体へのホームステイから始まって……。（阿川佐和子）
も-20-1

（　）内は解説者。品切の節はご容赦下さい。

島本理生
ファーストラヴ
父親殺害の容疑で逮捕された女子大生・環菜。臨床心理士の由紀が、彼女や、家族など周囲の人々に取材を重ねるうちに明らかになった環菜の過去とは。直木賞受賞作。（朝井リョウ）
し-54-3

雫井脩介
検察側の罪人（上下）
老夫婦刺殺事件の容疑者の中に、時効事件の重要参考人が。今度こそ罪を償わせると執念を燃やすベテラン検事・最上だが、後輩の沖野はその強引な捜査方針に疑問を抱く。（青木千恵）
し-60-1

須賀しのぶ
革命前夜
バブル期の日本から東ドイツに音楽留学した眞山。ある日、啓示のようなバッハに出会い、運命が動き出す。革命と音楽の歴史エンターテイメント。第十八回大藪春彦賞受賞作。（朝井リョウ）
す-23-1

鈴木大介
里奈の物語　15歳の枷
伯母の娘や妹弟の世話をしながら北関東の倉庫で育った少女・里奈。伯母の逮捕を機に児童養護施設へ。だが自由を求めて施設を飛び出す。最底辺で逞しく生きる少女を活写する青春小説。
す-26-1

鈴木大介
里奈の物語　疾走の先に
施設を出た里奈は頭の回転の速さと度胸で援デリ業者のトップに。信頼と裏切り、出会いと別れを経て選んだ道は——。暗闇を疾駆する少女とその先の希望を描く感動作。（北上次郎）
す-26-2

瀬尾まいこ
強運の持ち主
元OLが〟ルイーズ吉田〟という名の占い師に転身！　ショッピングセンターの片隅で、小学生から大人まで、悩める背中をちょっとだけ押してくれる。ほっこり気分になる連作短篇。
せ-8-1

瀬尾まいこ
戸村飯店　青春１００連発
大阪下町の中華料理店で育った兄弟は見た目も違えば性格も全く違う。人生の岐路にたつ二人が東京と大阪で自分を見つめ直す。温かな笑いに満ちた坪田譲治文学賞受賞の傑作青春小説。
せ-8-2

（　）内は解説者。品切の節はご容赦下さい。

瀬尾まいこ
そして、バトンは渡された

幼少より大人の都合で何度も親が替わり、今は二十歳差の〝父〟と暮らす優子。だが家族皆から愛情を注がれた彼女が伴侶を持つとき——。心温まる本屋大賞受賞作。（上白石萌音）

せ-8-3

瀬尾まいこ
傑作はまだ

50歳の引きこもり作家のもとに、生まれてから一度も会ったことのない息子が現れた。血の繋がりしか接点のない二人の同居生活が始まる。明日への希望に満ちたハートフルストーリー。

せ-8-4

瀬尾まいこ
夜明けのすべて

友達でも恋人でもないけど、同志のような特別な気持ちが芽生えた二人。人生は想像以上に大変だけど、光だってそこら中にある。生きるのが少し楽になる、心に優しい物語。

せ-8-5

高村　薫
四人組がいた。

山奥の寒村でいつも集まる老人四人組の元には、不思議で怪しい客がやってきては珍騒動を巻き起こす。「日本の田舎」から今を描く、毒舌満載、痛烈なブラックユーモア小説！

た-39-3

高野和明
幽霊人命救助隊

神様から天国行きを条件に、自殺志願者百人の命を救えと命令された男女四人の幽霊たち。地上に戻った彼らが繰り広げる怒濤の救助作戦。タイムリミット迄あと四十九日——。（養老孟司）

た-65-1

高杉　良
不撓不屈

税理士・飯塚毅は、中小企業を支援する「別段賞与」という会計処理が脱税幇助だと激怒した国税当局から、執拗な弾圧を受ける。最強の国家権力に挑んだ男の覚悟の物語。（寺田昭男）

た-72-10

高殿　円
グランドシャトー

高度経済成長期、義父との結婚を迫られたルーは名門キャバレーのトップホステス真珠の家に転がり込む。二人は姉妹のように仲睦まじく暮らすも、真珠には誰も知らない秘密があり——。

た-95-3

（　）内は解説者。品切の節はご容赦下さい。

竹宮ゆゆこ
あれは閃光、ぼくらの心中
15歳の嶋はピアノ一筋の人生が暗転。自転車で家出した先で25歳のホスト、弥勒と出会う。弥勒の部屋に転がり込むがそこは……。それぞれに問題を抱える二人が織りなす胸アツ物語。
た-99-3

高見澤俊彦
秘める恋、守る愛
過去に生きる夫、秘密を抱く妻、本心を隠す娘。ドイツでの7日間が家族を変えてゆく。数多の愛の詞を手掛けたTHE ALFEEのリーダーが綴る大人の愛。巻末に新エッセイも収録。
た-106-2

谷　瑞恵
まよなかの青空
ひかると達郎は、親との葛藤を抱えて育った幼なじみ同士。大人になり再会した二人は、数少ない良い思い出の中の人物を探すことを決意した。現代人のためのファンタジー。（中江有里）
た-110-1

竹村優希
その霊、幻覚です。
視える臨床心理士・泉宮一華の嘘
霊能力が高すぎる臨床心理士・一華。ひょんなことから謎の青年・翠とともに心霊調査をすることに……キジトラ猫の式神を従えて、二人の怖くて賑やかな幽霊退治がスタートする。
た-112-1

竹村優希
その霊、幻覚です。
視える臨床心理士・泉宮一華の嘘2
不審な自殺が相次ぐ雑居ビルに、都市伝説を彷彿とさせる失踪事件。生前はカウンセラーだった手強い悪霊も現れて、一華と翠の関係にも変化が？　二人の心霊調査はさらにパワーアップ！
た-112-2

武川　佑
悪将軍暗殺
都から来た高僧・義圓（のちの足利義教）の襲撃によって父と生き別れ、片腕を失った小鼓。生き残るために戦う中で、彼女は本当の敵は誰なのかに気づく。渾身の歴史小説！（天野純希）
た-113-1

千早　茜
西洋菓子店プティ・フール
下町の西洋菓子店の頑固職人のじいちゃんと、その孫であり弟子であるパティシエールの亜樹と、店の客たちが繰り広げる、甘やかなだけでなくときにほろ苦い人間ドラマ。（平松洋子）
ち-8-2

（　）内は解説者。品切の節はご容赦下さい。

千早　茜
正しい女たち
偏見や差別、セックス、結婚、プライド、老いなど、口にせずとも誰もが気になる最大の関心事を、正しさをモチーフに鮮やかに描きだす。胸をざわつかせる六つの物語。（桐野夏生）
ち-8-4

知念実希人
レフトハンド・ブラザーフッド（上下）
左腕に亡き兄・海斗の人格が宿った高校生・岳士は殺人事件に巻き込まれ、容疑者として追われるはめに。海斗の助言で、真犯人を見つけるため危険ドラッグの密売組織に潜入するが。
ち-11-1

知念実希人
十字架のカルテ
精神鑑定の第一人者・影山司に導かれ、事件の容疑者たちの心の闇に迫る新人医師の弓削凜。彼女にはどうしても精神鑑定医になりたい事情があった――。医療ミステリーの新境地！
ち-11-3

筒井康隆
わたしのグランパ
中学生の珠子の前に、突然、現れた祖父・謙三はなんと刑務所帰りだった。俠気あふれるグランパは、町の人たちから慕われ、次々に問題を解決していく。傑作ジュブナイル。（久世光彦）
つ-1-19

辻村深月
鍵のない夢を見る
どこにでもある町に住む女たち――盗癖のある母を持つ娘、婚期を逃した女の焦り、育児に悩む若い母親……私たちの心にさしこむ影と、ひと筋の希望の光を描く短編集。直木賞受賞作。
つ-18-3

辻村深月
朝が来る
不妊治療の末、特別養子縁組で息子を得た夫婦。朝斗と名づけた我が子は幼稚園に通うまでに成長し幸せに暮らしていた。だがある日、子供を返してほしいとの電話が――。（河瀬直美）
つ-18-4

恒川光太郎
金色機械
時は江戸。謎の存在「金色様」をめぐって禍事が連鎖する――。人間の善悪を問うた前代未聞のネオ江戸ファンタジー。第67回日本推理作家協会賞受賞作。（東　えりか）
つ-23-1

文春文庫　最新刊

新たな明日 助太刀稼業（三）　佐伯泰英
嘉一郎が選んだ意外な道とは？　壮快な冒険がついに完結

機械仕掛けの太陽　知念実希人
コロナ禍で戦場と化した医療現場の2年半をリアルに描く

ついでにジェントルメン　柚木麻子
分かる、刺さる、救われる――自由になれる7つの物語

耳袋秘帖 **南町奉行と殺され村**　風野真知雄
美女が殺される大人気の見世物がどう見ても本物すぎて…

砂男　有栖川有栖
〈火村シリーズ〉幻の作品が読める。単行本未収録6編

「俳優」の肩ごしに　山﨑努
名優・山﨑努がその演技同様に、即興的に綴った初の自伝

50歳になりまして　光浦靖子
人生後半戦は笑おう！　留学迄の日々を綴った人気エッセイ

東京新大橋雨中図〈新装版〉　杉本章子
明治を舞台に「最後の木版浮世絵師」小林清親の半生を描く

モネの宝箱 あの日の睡蓮を探して　一色さゆり
アート旅行が専門の代理店に奇妙な依頼が舞い込んできて

老人と海／殺し屋　アーネスト・ヘミングウェイ　齊藤昇訳
ヘミングウェイの基本の「き」！　新訳で贈る世界的名著